la petite

Mémoires
d'un jeune homme dérangé

Frédéric Beigbeder

MÉMOIRES D'UN JEUNE HOMME DÉRANGÉ

Roman

La Table Ronde
14, rue Séguier, Paris 6 e

ISBN 978-2-7103- 2410-2.

« Alternance de joie et de peine
D'allégresse et de contrition
Marquez bien les temps
Rythme cardiaque normal
C'est le premier dansodrame mimé
Dansons la Bostella ! »

Honoré BOSTEL,
la Bostella (disque Barclay 72648).

Pour Diane diaphane
Près de Maussane.

Première partie

Les ricaneurs pantalonnés

« Un whisky sourd ne pourra jamais
entendre un daï qui rit. »

Alain WEILL.

En ce temps-là, tout était grand. Nous passions nos journées dans de grandes écoles et nos nuits dans de grands appartements. Nous avions de grandes mains, des grands-parents et de grandes espérances. Les adjectifs qui revenaient le plus souvent dans nos conversations étaient « grandiose », « immense », « gigantesque », « énorme ». Nous-mêmes n'avions probablement pas terminé notre croissance.

De grands hommes ordonnaient de grands travaux, d'autres opéraient de grands changements un peu plus à droite sur la carte de la Grande Europe. De grandes épidémies menaçaient nos grandes envolées lyriques.

Nous avions grand-peur que cela ne tourne mal.

À force, nous étions tentés d'être des gagne-petit.

Je me souviens que nous traînions beaucoup. Il y avait des après-midi pluvieux avec des amis qui passaient. Il y avait quelques fêtes et des filles qui respiraient. On pouvait clairement voir l'air entrer dans leurs poumons, gonfler leur poitrine et ressortir par les narines. Il y avait la mode des chemises à carreaux et celle du nihilisme post-moderne. Il y avait des tulipes dans le vase du salon et une planche de bois avec du saucisson coupé en tranches épaisses sur la table.

Bref, il n'y avait pas de quoi se plaindre.

Il y avait aussi Marc Marronnier.

Marc Marronnier mesurait 1,84 mètre. Marc Marronnier mâchait des Malabars jaunes à longueur de journée. Marc Marronnier se réveillait à midi. Marc Marronnier tombait amoureux les jours pairs et voulait mourir les jours impairs. Marc Marronnier trempait délicatement les asperges dans la sauce mousseline prévue à cet effet. Marc Marronnier portait « Jicky » de Guerlain et cirait ses chaussures quotidiennement. Marc Marronnier lisait Romain Gary et San Antonio. Marc Marronnier se promenait en Inde et en Suisse. Marc Marronnier buvait du whisky avec ses copains et du bordeaux avec les filles. Marc Marronnier dansait le charleston sur son lit. Marc Marronnier se prenait pour un dandy mais ne pouvait s'empêcher de se mettre les doigts dans le nez en public.

Marc Marronnier adorait les fleuves qui traversent les grandes villes : la Tamise, la Volga, le Rhône, le Danube, la Bièvre. Marc Marronnier parlait sans arrêt de sa chatte. Marc Marronnier écoutait du rap. Marc Marronnier prétendait haïr le kitsch mais se réfugiait souvent dans le second degré. Marc Marronnier ne trouvait jamais de taxi et arrivait toujours en retard à ses rendez-vous. Marc Marronnier était fatigant.

Marc Marronnier faisait la tournée des saints : Saint-Jean-de-Luz, Saint-Domingue, Saint-Wandrille. Il n'y avait rien de bien catholique là-dedans. Marc Marronnier n'était pas assez religieux. Il ne savait même pas s'il était de droite ou de gauche. Il écrivait des articles de droite dans des journaux de gauche et vice versa. Peut-être que Marc Marronnier était un traître. Ses initiales désignaient une marque de bonbons qui fondaient dans la bouche, pas dans la main.

Marc Marronnier aimait le monde entier.

Marc Marronnier avait une tête à claques.

J'en sais quelque chose : Marc Marronnier, c'est moi.

Oui, je m'appelle Marc Marronnier, comme l'arbre. J'ai 24 ans et il est 2 h 10 du matin. Des chiffres et des lettres, la vie d'un homme se résume à ça. La vie est une suite de jeux télévisés : d'abord « Tournez manège », puis « La roue de la fortune » et si tout se passe bien « Le juste prix ».

Donc je mesure 1,84 mètre et pèse 58 kilos ; c'est dire ma maigreur. À côté de moi, un poids-plume ressemble à un joueur de sumo. Nu, je suscite le chagrin et la pitié. On peut détailler mon ossature aussi limpidement que sur un squelette de la faculté de médecine. Pourtant je mange beaucoup. Il paraît que c'est une question de métabolisme. J'aurais mauvaise grâce à m'en plaindre : la mode est aux rachitiques et j'en profite assez.

Mon visage, lui, est plus particulier. Il se trouve que j'ai deux nez : l'un, comme chez la plupart des gens, est situé au-dessus de ma bouche et au milieu de mon faciès ; hormis sa taille cyranienne, rien que de très banal, reconnaissons-le. C'est mon autre nez qui fait mon originalité. Il se trouve sous ma lèvre inférieure, à l'endroit où, normalement, on a un menton, qu'il soit volontaire ou fuyant. Ce deuxième nez, qui a failli donner son titre à cet ouvrage (Simone de Beauvoir m'inspire beaucoup), est ce qu'on dénomme en langage courant un « menton en galoche ». Ce qui signifie que c'est une espèce de nez « Canada Dry » : il a la forme d'un nez, la couleur d'un nez, mais il ne respire pas, n'a pas de narines et s'enrhume donc rarement. À vrai dire, ce menton très proéminent ne possède aucune utilité. Il n'est ni gênant ni avantageux. Il ne me rend pas de services pratiques. Avec les petits orteils de mes deux pieds, il est la partie de mon corps la plus dispensable. Pourtant je ne m'en séparerais pour rien au monde. Souvenez-vous, Cyrano encore : « C'est bien plus beau lorsque c'est inutile » (dernier acte). Cette phrase de Rostand m'a fréquemment servi d'argument contre les chirurgiens esthétiques qui confondraient volontiers mon second nez avec un terrain d'expérimentation pour leurs scalpels.

Il est possible qu'avec l'âge mes deux nez aient tendance à se rejoindre, accentuant ainsi un naturel renfrogné que je m'évertue à chasser au galop. C'est la grande inquiétude de ma vie : mon nez et mon menton finiront-ils par se toucher ? Il y en a qui s'angoissent à propos de la mort, de Dieu ou de l'élimination de l'Olympique de Marseille en demi-finale de la Coupe d'Europe. Laissez-moi rire ! Mon suspens à moi est plus urgent, il est sur ma tronche, c'est une morphopsychose !

Imaginez un grand type maigrelet avec deux nez et vous aurez une vision à peu près nette du héros de ce roman. Après ça, on ne pourra pas m'accuser de m'être embelli dans mes œuvres.

Marc Marronnier aime la fête. Ce n'est pas vraiment sa faute : autour de lui, tout le monde ne pense qu'à s'amuser et, depuis toujours, on lui a enseigné que la fête devait primer tout le reste. Parfois il lui arrive de trouver imbéciles ses soirées mais jamais il ne lui viendrait à l'idée d'en manquer une. Entre un bon livre et une poignée de confettis, il n'hésite pas longtemps et l'on voit vite une pluie de ces minuscules rondelles multicolores tomber doucement sur son blazer d'étudiant attardé.

Bien sûr, il cultive d'autres centres d'intérêt. Par exemple, il collectionne les bandes dessinées de Jacques de Loustal et les disques de Sergio Mendes. Il a par ailleurs fait Sciences po et un peu de droit. Il serait exagéré de croire que Marc n'a terminé ses études que pour rassurer ses parents : son séjour prolongé dans l'enseignement supérieur s'explique surtout par une volonté avouée de retarder l'échéance de la Vraie Vie. Méfiez-vous des gens bardés de diplômes, ce sont, statistiquement, les plus lâches.

Un jour pourtant, Marc a bien été obligé de se mettre au travail. Comme il sortait de plus en plus, il en est venu à raconter ses nuits dans différents magazines sur papier glacé. Ainsi bombardé chroniqueur mondain, il réussissait à faire d'un goût une profession. C'était donc cela, « joindre l'utile à l'agréable » ?

Après l'âge ingrat vient l'âge gratin ; après le club Mickey, le mickey des clubs. Au sortir d'une adolescence solitaire et acnéique (l'un va rarement sans l'autre), il a fait une entrée sans transition dans la société la plus superficielle qui soit : la mondaine. De rallyes sans autos en pots sans échappement, il a vite acquis les rudiments d'un savoir-vivre dont la première règle est la pantomime.

Pantomime de l'esprit, pantomime de la fête, pantomime de la drague. Quand on a tenu correctement son rôle dans ce type de farce, on est prêt à affronter avec le recul nécessaire n'importe quelle calamité. Marc plaignait ceux qui n'avaient pas enduré le même training : ils passeraient leur vie à être Vrais. Quel ennui !

Graduellement le théâtre de ses sévices s'est élargi aux boums d'après-midi, soirées d'après-minuit, cocktails d'après-vernissage, galas d'après-désastre, bals d'après-mariage, fêtes d'après-inauguration, tournées d'après-examen et petits déjeuners d'après-coup. Il devenait un spécialiste qu'on consultait régulièrement pour savoir où il fallait être, et à quelle heure. L'argent de poche parental ne couvrant plus ce train, il vendit ses connaissances aux journaux. Ainsi, pendant que les invités se saoulaient, il pouvait se justifier : sa présence parmi eux était rétribuée. Hypocrisie confortable : attention, une pantomime peut en cacher une autre.

S'il est possible que la vie soit une fête, Marc a toujours eu du mal à croire que la fête puisse convenablement remplir une vie. Comme on va le voir, il ne se trompait qu'à moitié.

— Pauvre MERDE ! (grosse gifle sur la joue gauche).

— Tu vas me le payer ! (coup de tête sur le nez).

— ENCUUULÉÉÉ ! (pied dans les couilles).

— Crève ! (tabouret en bois sur les dents).

— Je vais te TUER ! (cafetière d'eau bouillante dans les yeux).

Jean-Georges et moi nous disputons souvent.

Jean-Georges est mon meilleur ami, si tant est qu'il existe une pareille chose. Mais c'est aussi mon pire ennemi : ça va bien ensemble. Il vit seul dans un gigantesque hôtel particulier prêté par son vieil oncle écossais. Après plusieurs tentatives de suicide que je le soupçonne d'avoir *involontairement* ratées, Jean-Georges a décidé de tromper autrement son ennui. C'est ainsi qu'il est

devenu le plus grand fêtard de Paris, buveur invé-
téré et drogué notoire, et surtout l'être le plus
drôle que j'aie jamais rencontré. Disons qu'il a
les défauts de ses qualités. Il y a toujours un fond
de vérité dans les pires lieux communs.

J'ai rencontré Jean-Georges dans une queue
leu leu de soixante personnes. C'était à l'Opéra-
Comique, au cours d'une de ces soirées de gala
où l'on s'empiffre à prix d'or au profit des déshé-
rités. (Il n'y a d'ailleurs rien de critiquable là-
dedans : au contraire, cette charité-là a le mérite
d'être moins hypocrite que d'autres, et nettement
plus rigolote.) Je remarquai une espèce d'hurlu-
berlu en queue-de-pie qui invectivait les invités.
Petit à petit, il parvint à les entraîner dans une
danse autour des tables, rythmée par l'orchestre
tzigane. Il chantait à tue-tête la « queue leu leu »,
suivi par un long serpent de personnalités bat-
tant des mains parmi lesquelles je reconnus trois
ministres en exercice, deux magnats de la presse
internationale et sept top models de haut vol. Je
m'élançai à sa suite. Tout le monde hurlait de rire,
faisait de grands gestes, jetait les éventails et les
chapeaux sur les balcons. Malheureusement,
comme toutes les folies, cela ne dura qu'un temps
et, peu à peu, la chenille se vida de ses troupes.
Chacun alla se rasseoir et, au bout d'une minute,
Jean-Georges se retrouva seul au centre du foyer

de l'Opéra-Comique, en train de chanter et d'applaudir. N'importe qui, moi par exemple, aurait immédiatement couru se cacher derrière un pilier, histoire de laisser le ridicule s'effacer. Jean-Georges n'en fit rien. Il grimpa sur une table et se mit à haranguer l'assemblée, buvant le vin au goulot, renversant les coupes de champagne, embrassant le corsage d'une vieille duchesse, bondissant de table en table comme un démon de légende. Il finit par atterrir à pieds joints dans mon assiette. Ma chemise fut aspergée de sauce au foie gras, ma voisine ne m'adressa plus jamais la parole. C'est ainsi que nous fîmes connaissance mais c'est à peu près tout ce dont je me souviens.

Par la suite, je ne me suis jamais tout à fait habitué aux frasques de ce personnage. En réalité, son hôtel n'avait rien de si particulier, si ce n'est son côté auberge espagnole : en permanence couchaient chez Jean-Georges une dizaine de personnes, filles ou garçons, et je préférais ignorer ce qu'ils y faisaient. Cette maison méritait bien le nom d'hôtel, quoique « squat particulier » n'eût pas mal sonné non plus. Quand vous entriez chez lui, Jean-Georges vous accueillait toujours avec générosité : si vous aviez soif il vous donnait un verre, si vous aviez faim il vous ouvrait son frigidaire, si vous aviez d'autres envies il faisait de son mieux. Certains soirs chez lui demeureront parmi mes meilleurs (et mes pires) souvenirs mais petit à petit j'ai préféré voir Jean-Georges dans d'autres lieux. Chez lui, il n'était jamais tout à fait naturel. Ou peut-être trop.

La nuit, les gens ne suent pas : ils suintent. Ils ont les mains sales, les ongles noirs, les joues rouges, les bas filés, les cravates tordues. Au bout d'une heure dans une boîte de nuit, la plus jolie fille du monde ressemble au barman. Comment ai-je pu sortir autant ?

Certains soirs, en rentrant à la maison, je jouais à faire le compte de ce que j'avais absorbé dans la nuit. Sept whiskies, une bouteille de brouilly, sept autres whiskies (par goût pour la symétrie), deux vodkas, une demi-bouteille de popper's et deux aspirines font une bonne moyenne. Heureusement que j'avais Gustav Mahler pour m'endormir.

J'ai l'air de dénigrer cette époque mais il n'en est rien. C'étaient de beaux moments, la vie pesait moins lourd. On ne peut pas comprendre ça de l'extérieur.

Aujourd'hui je sais que je ne ferai jamais le tour du monde, que je ne serai jamais numéro 1 du Top 50, que je ne serai jamais Président de la République, que je ne me suiciderai pas, que je ne serai jamais pris en otage, que je ne serai jamais héroïnomane, que je ne serai jamais chef d'orchestre, que je ne serai jamais condamné à mort. Aujourd'hui je sais que je mourrai de mort naturelle (d'une overdose de *Junk Food*).

Nous sommes devenus les ricaneurs pantalonnés. C'était Jean-Georges qui avait trouvé cette expression dans un livre de Jack Kerouac. Elle nous convenait, même si nos ricanements n'étaient pas toujours culottés, ni nos pantalonnades ironiques. Les gens ont besoin d'étiquettes ; celle-ci en valait une autre.

À force de nous faire remarquer, nous avons attiré autour de nous une bande de joyeux fêtards revendiquant la même appellation (non contrôlée). Il se peut que nous soyons devenus célèbres sans le faire exprès. Notre principale occupation consistait à nous amuser ; le reste du temps, certains travaillaient, la plupart dormaient, tous récupéraient.

La pratique régulière de la fête nous amena à établir une sorte de code déontologique et éthique en quatre règles d'or. Premièrement, toute fête réussie est improvisée ; deuxièmement, l'esprit de contraste est indispensable ; troisièmement, les filles sont les deux mamelles de la nuit ; quatrièmement, un fêtard n'a pas de règles. Les deux derniers commandements furent édictés APRÈS le dîner ; cela explique leur poésie.

Un soir, Jean-Georges et moi regardions la télévision. Il y avait une émission sur l'alcoolisme. Un écrivain racontait les ravages que l'alcool avait causés dans sa vie : sa femme l'avait quitté, son talent aussi.

— Combien de glaçons dans ton scotch ? me demanda Jean-Georges.

Je trouve que cette anecdote donne une idée de l'intelligence avec laquelle les ricaneurs pantalonnés s'apprêtaient à affronter leur destinée.

À l'époque je n'arrivais pas à me droguer. J'abusais de toutes sortes de cocktails mais échouais à m'initier aux paradis artificiels. Cette infirmité ne provenait pas d'un manque de curiosité : j'avais essayé de fumer des joints, mais d'incontrôlables quintes de toux réduisaient mes efforts à néant ; quant aux poudres et pilules diverses dont mes amis se repaissaient, elles me donnaient l'impression de revenir au lycée, aux cours de chimie du professeur Cazaubon (je le salue au passage). Mon élitisme restait l'éthylisme. En ce temps-là les rails du crackoke n'atteignaient pas ma blanche narine, et les seules piqûres intraveineuses que je connus ne visaient pas à anéantir la réalité mais la poliomyélite.

Les ricaneurs pantalonnés étaient riches mais généreux. Ils réunissaient des étudiants ivres, des experts en art barbus, des fils à papa orphelins, des Américaines dont une pas mal roulée, des jeunes avides d'expériences, des vieux en quête de sang neuf, des mannequins à la recherche de vitrines, des touristes croisés sur les Champs-Élysées, des couples amoureux, des couples désunis, des couples en gestation, des couples solitaires et des couples en couple. Les ricaneurs pantalonnés étaient drôles jusqu'aux larmes et méchamment gentils. Les ricaneurs pantalonnés, c'étaient nous et il valait mieux nous suivre ou passer son chemin.

La nuit tombée, les ricaneurs pantalonnés descendaient dans la rue et se retrouvaient dans les bars. Ils commandaient du vin, parlaient aux filles, critiquaient leurs fiancés, criaient des gros mots, recommandaient des demis, mangeaient des sandwiches au pâté de foie, buvaient pendant des heures puis sortaient pisser dans la rue en disant des phrases du genre : « Putain de merde de vie de merde » ou « Les filles sont irrrréelles, elles se promènent comme des anges sur l'arc-en-ciel de nos rêves. »

Ensuite leurs occupations pouvaient varier, soirées ou boîtes de nuit, mais le matin les trouvait fidèles au poste, exsangues dans un caniveau, ou un palace, ou une voiture, ou un commissariat de police. Un jour ils deviendraient sérieux, ils achèteraient des meubles anciens et joueraient au tennis chez des amis le dimanche après-midi. Ce n'était pas à l'ordre du jour.

En attendant, les ricaneurs pantalonnés rêvaient de vies sur des yachts au soleil, où, allongés sur des transats, ils siroteraient des daïquiris à la fraise en compagnie de jeunes actrices de cinéma. Ou alors dans les bas-fonds new-yorkais, comme clochard-écrivain faisant fortune et sombrant dans la cocaïne des *parties* d'Alphabet City. Des vies d'insouciance, où l'on n'irait pas au bureau, où l'on ne rentrerait pas chez soi, où l'on ne regarderait pas la télévision. Des vies de parasites bourgeois, des vies de terroristes luxueux, des vies en villégiature. Ils se voyaient Boni de Castellane au Palais Rose, John Fante à Point Dume, Corto Maltese dans les jardins d'orangers de la Mesquita de Cordoue, Patrick Modiano à l'Hôtel du Palais de Biarritz, Joe Dallessandro à la Factory, Alexis de Rédé à Ferrières, Chet Baker à Rome, Helmut Berger à Saint-Barthélemy, Antoine Blondin au Rubens, Charles Haas au Jockey Club, Alain Pacadis au Palace, Maurice Ronet au Luxembourg ou Joey Ramone au C.B.G.B.

Tout était permis, il suffisait de monter dans un taxi et de murmurer « à droite, à gauche » en souriant. On s'endormait sur la banquette et on se réveillait à Samarcande ou à l'Alhambra de Grenade. Des créatures approximativement persanes offraient des bouquets de fleurs sacrées et l'on chantait toute la nuit. Ou bien c'était Berlin, une chambre sale, des verres poisseux renversés sur la moquette, des cendriers pleins, des livres de Castaneda et des seringues sous la langue…

Ils hésitaient entre un idéal d'extrême confort et le fantasme aristocratique de n'avoir rien pour avoir tout. Ils n'étaient pas dans les temps. Ils n'auraient pas été zazous dans les années 40, ni existentialistes dans les années 50, ni yéyés dans les années 60, ni hippies dans les années 70, ni yuppies dans les années 80 : mais ils seraient tout cela à la fois avant l'an 2000. À chaque jour de la semaine correspondait une décennie. Lundi, contrebande, couvre-feu, caves de jazz. Mardi, cabriolets, cravates larges, cheveux courts. Mercredi, chansons dans le vent, chaussettes noires, Carnaby Street. Jeudi, chanvre indien, communauté, communisme. Vendredi, cafard moderne, col anglais, caisson d'isolation. Le week-end ils tentaient l'impossible : être eux-mêmes pour achever ce siècle débordé, comme disait l'autre.

Malheureusement ils avaient beaucoup de mal à supporter la triste jeunesse d'aujourd'hui, son mal de vivre creux, sa voix plaintive, sa new wave sinistre, ses discours convenus, ses looks stéréotypés. Heureusement il leur restait quelques vieux cons à admirer. Malheureusement les vieux cons pontifiaient. Heureusement les ricaneurs pantalonnés vieilliraient plus vite que prévu. Malheureusement cela réglerait le problème.

« Alternance de joie et de peine. » La vie était une bostella schopenhauerienne. On dansait quand tout allait bien, pour lutter contre la morosité du bonheur. On tombait par terre quand tout allait mal, pour dormir sur ses ruines. Au temps de la house music, ce patchwork taillé dans les vieux hits de James Brown, Otis Redding, George Clinton, Sly Stone, la bostella s'imposait comme un geste symbolique. Car le monde était devenu un disque de house, un maelström d'époques, de cultures, de langues, de gens et de genres, ponctué par les « ooh yeah » de Lyn Collins. Nous vivions l'ère du Sampling Universel, du Mégamix Collectif, du Zapping Permanent. Ce n'était pas si mal, si seulement on nous avait dit QUI était le disc-jockey !

La bostella, elle, ne reflétait pas la société mais proposait un mode de vie à deux temps : l'allegro et le lamento, alternés jusqu'à l'épuisement. La house était un constat, la bostella un combat. La house était une danse actuelle imbriquant des éléments passés ; la bostella était une danse du passé, applicable à la vie actuelle.

Les ricaneurs pantalonnés préféraient une sinusoïde distrayante à un électro-beat plat.

La première fois que j'ai vu Anne, elle était allongée par terre et couverte de sang. Dieu merci, elle n'avait que quelques égratignures mais la bombe n'avait pas explosé loin : au rayon « livres d'art », pour être précis. Par chance, à l'époque je ne m'intéressais qu'aux bédés porno et Anne feuilletait les essais politiques des journalistes à la mode. Notre inculture nous a sauvé la vie.

Évidemment, le souffle de l'explosion avait projeté tout le monde au sol. Il y avait des hurlements dans tous les sens ; des bouts de bras et de professeurs en Sorbonne collés au mur ; et Anne qui regardait le plafond et moi qui regardais Anne. Je me souviens que je l'ai crue morte et que j'ai regretté qu'il y ait autant de pompiers autour de nous : je crois bien que j'aurais abusé de la situation en d'autres circonstances. Le cadavre d'Anne me séduisait.

Nous ne nous sommes pas adressé la parole avant l'hôpital.

— Vous croyez qu'ils vont nous garder longtemps ?

— Je ne sais pas mais ça m'embête parce que ma voiture est garée en double file devant la librairie.

L'attentat n'a jamais été revendiqué et la police n'a pas retrouvé les terroristes : dommage, je ne connaîtrai jamais le nom de mes bienfaiteurs. Bon prince, je ne leur aurais pas réclamé les 471 francs de la fourrière.

Ma rencontre avec Anne lors de l'attentat occupa mes pensées pendant de longues nuits qu'entrecoupaient des journées aussi courtes que les bonnes plaisanteries. Cette fille m'obnubilait. Elle m'irradiait, m'irisait, m'irritait. Je m'en voulais d'avoir joué les gentlemen en ne lui demandant pas son numéro de téléphone. La reverrais-je un jour ? Il me semblait qu'après avoir fait sa connaissance de manière aussi incongrue, j'aurais peu de chances de la retrouver. Je me trompais lourdement. En réalité, l'attentat fut le contexte le plus calme où je la vis jamais.

Je ne tardai pas à entendre parler d'elle par les ricaneurs pantalonnés. Il faut dire que j'étais particulièrement disert sur notre aventure. Je me figurais qu'en racontant partout cette histoire, je finirais par découvrir une piste. Je déformais l'épisode, rajoutant çà et là quelques actes d'héroïsme plus vrais que nature. Quand on sort un peu, on finit par radoter. Les mêmes gens produisent les mêmes conversations. Alors je préférais arranger la vie à ma sauce. Jusqu'au soir où un vieux type doublement mentonné me ricana au visage.

— Ah ! C'est vous qui racontez n'importe quoi sur ma fille ? Elle m'a chargé de vous dire que c'est elle qui vous a porté dans l'ambulance, et non l'inverse !

Le bonhomme croyait me vexer ; il faisait mon bonheur. Je savais désormais où la joindre. Cela me coûta une bouteille de bourbon : le papa d'Anne cachait une sacrée descente derrière sa cravate à pois. Mais la fin justifie les moyens, non ?

L'ennui c'est qu'à cette époque je ne vivais pas seul. Victoire s'était installée chez moi après un an de bons et loyaux services et je m'étais habitué à sa présence. Nous formions ce qu'on appelle un jeune couple dynamique, c'est-à-dire que nos deux égoïsmes se complétaient et que notre paresse sentimentale nous rapprochait considérablement. Je mentirais en affirmant que je ne l'avais jamais aimée ; disons que mon inclination du début, au lieu de s'amplifier comme je l'avais espéré, s'était amenuisée au fil du temps, des dégoûts et des mille brimades que l'existence inflige aux âmes romantiques. Nous en étions réduits à tout simuler, au lit comme ailleurs. Notre amour était devenu une sorte d'hologramme baudrillardien. C'était branché mais pas très poétique : à tout prendre, j'aurais préféré *Belle du Seigneur*. (Je suis plus Solal que solipsiste.) Elle fumait des Marlboro light, buvait du Coca light et baisait light (paradoxalement, elle éteignait la lumière).

Quoi qu'il en fût, Victoire sonnait ma défaite. Quel gâchis : elle était belle, longue, née, bête, snob et multimillionnaire en livres sterling. Elle ne pensait qu'à dilapider l'argent de ses parents et l'énergie de sa jeunesse. Elle sortait tous les soirs et ne posait pas de questions quand je rentrais plus tard qu'elle. Son père possédait des appartements dans toutes les grandes capitales : Londres, New York, Banjul, Tokyo, Bormes-les-Mimosas. Sans compter les maisons de famille. À nous deux, nous pouvions postuler pour le Guinness Book des résidences secondaires.

Pourquoi fallait-il que je m'embarrasse de principes ? C'était plus fort que moi, je sentais venir notre séparation. Je voulais être amoureux.

Une lubie, un fantasme malsain m'interdisaient de prolonger cette liaison peu dangereuse. Quelque chose me disait qu'Anne justifiait le caprice des adieux. J'aurais tout le temps d'épouser une riche héritière ; pour l'heure, je préférais épouser les élans de mon cœur.

De Victoire je ne garderais que des souvenirs de bouffe. Nous avions passé l'année dans des restaurants. Autrefois, pour séduire les femmes ou les garder, il fallait les emmener au théâtre, à l'Opéra ou en barque sur le lac du bois de Boulogne. À présent, les théâtres étaient subventionnés, les opéras embastillés, et le Bois avait perdu l'essentiel de son charme. Désormais il fallait subir le Restaurant. On devait regarder l'objet de son désir mastiquer des rognons de veau, la créature de ses rêves hésiter entre un morceau de camembert ou un quartier de brie bien coulant, la divine beauté victime de gargouillis intestinaux. La déglutition remplaçait les baisers, les bruits de fourchette supplantaient les déclarations.

Que restait-il à l'heure des amours mortes ? Des souvenirs gastriques. Gloria me rappelait la tarte aux fraises à la crème Chantilly, Léopoldine avait failli s'étrangler avec un pépin de melon, Margarita était soûle au troisième verre de tavel. Adieu les cavatines ! De Victoire ne demeureraient en somme que des mémoires indigestes.

Au début, je croyais que l'amour montait (voir figure 1). Après plusieurs déconvenues, j'ai compris qu'il descendait (voir figure 2, dite « courbe de Victoire »).

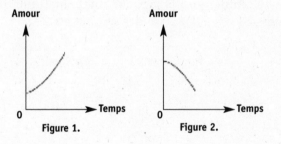

Figure 1.   Figure 2.

Il existe peut-être une troisième voie. Un coup de foudre à peu près réciproque peut se transformer en passion durable à condition de l'entretenir à coups de voyages, de beuveries et de scènes de ménage gratuites (voir figure 3).

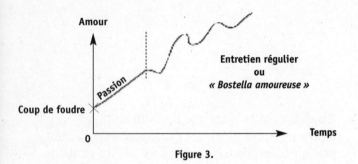

Figure 3.

Comme quoi la rigueur mathématique ne messied pas à l'analyse des sentiments.

J'ai fini par retrouver Anne. J'ai fait semblant de tomber sur elle par hasard ; en réalité je poireautais devant son immeuble depuis plus d'une heure quand elle est apparue. J'ai admiré ses fines chevilles et ses sourcils parfaits, je lui ai dit que je sortais de chez le dentiste et elle a joué avec la fermeture Éclair de son Perfecto. J'ai rougi (je ne sais pas mentir) et elle aussi, sans doute par contagion. Tout le monde rougissait place du Brésil, dans le dix-septième arrondissement, à six heures du soir. Les feux passaient au rouge, les voitures qui freinaient allumaient leurs feux arrière et il m'a même semblé que le soleil s'empourprait lui aussi.

D'un commun accord, nous avons décidé que son père m'inviterait à dîner le lendemain soir. Il savait très bien faire le pot-au-feu et avait très bien connu mon grand-père. Ainsi, ce cher homme avait parlé de moi à Anne ! Il faut toujours s'acoquiner avec les parents (sauf en cas de conflit de générations ; il faut alors choisir son camp ; en l'occurrence cette question ne se posait pas : il était clair qu'Anne admirait son vieux papa à la retraite, ex-professeur au Collège de France, savant alcoolique et philosophe bougon, qui lui laissait faire ce qu'elle voulait depuis que sa femme était partie avec un psychanalyste italien, emprisonné depuis).

Cette entrevue n'a pas duré cinq minutes mais elle s'est inscrite dans ma mémoire.

En rentrant chez moi, j'ai fermé les yeux pour revoir la scène, les genoux d'Anne, son rouge à lèvres, sa main qui jouait avec la fermeture Éclair. Toutes les fermetures sont des éclairs. J'ai rouvert les yeux devant la glace et je leur ai dit : « Rendez-vous, vous êtes cernés ! » car il n'y avait aucune raison de se priver d'un jeu de mots hilarant.

Puis j'ai décroché le téléphone pour appeler Jean-Georges afin de tout lui raconter, mais Victoire est entrée dans la chambre et j'ai dû écourter la communication. Elle portait un jean, un pull à col roulé noir et l'indifférence sur son visage. Notre rupture était imminente ; restait à savoir lequel de nous deux en prendrait l'initiative. Ma lâcheté m'en empêchait, mon amour-propre m'y poussait. Je ne prenais pas de décision : la galanterie n'exige-t-elle pas que les femmes passent d'abord ?

— Je vais au cinéma avec Elizabeth. Tu veux venir ? me demanda-t-elle.

— Merci, j'ai un article à taper.

Elizabeth, sa copine, s'habillait comme une bonne sœur et, en l'occurrence, l'habit faisait la nonne. Je savais très bien le genre de film qu'elles iraient voir toutes les deux : long et égyptien. Après, elles iraient manger des sushis en parlant de Samuel Beckett.

— Je vais essayer de me coucher tôt, embrasse-la de ma part, lançai-je à Victoire qui descendait déjà l'escalier, pressée d'oublier mon existence.

Jean-Georges avait la voix enrouée. Impossible d'en placer une. Il me raconta sa nuit de la veille : ayant retrouvé quelques ricaneurs pantalonnés au bistrot, ils avaient effectué une petite tournée de routine, rencontré une fille enceinte d'on ne savait quoi, et ils l'avaient raccompagnée à son hôtel. Jean-Georges n'avait pas réussi à bander, ils avaient pris une douche tout habillés, elle l'avait viré de sa chambre, il avait semé des flaques d'eau savonneuse dans les couloirs, s'était fait engueuler par le concierge et par le chauffeur de taxi. Maintenant il avait un peu mal à la tête. Pourquoi je l'appelais ? J'allais parler d'Anne quand il m'interrompit : le match de foot commençait, il devait aller acheter du champagne pour ses amis squatteurs, était-ce si urgent ? Non.

Préparatifs pour le dîner chez Anne. Hésitation devant les cravates. Pas droit à l'erreur. Cravate marine à pois blancs, chemise blanche, blazer croisé, pas de fioritures. Ni de pochette : trop risqué. Pantalon de flanelle gris foncé. Tristounet mais simple. Classique mais classieux. Chaussures à double boucle.

Maintenant l'horreur : les points noirs sur le nez, les poils de barbe qui résistent à douze passages du rasoir, la coupure au treizième. L'eau de toilette qui brûle les joues, le gel qui colle les cheveux et poisse les mains. Dernière minute : le poil qui dépasse du nez, les sourcils qui se rejoignent et la pince à épiler égarée. Une tache de sang sur le col de la chemise. Tout à recommencer.

Une heure de retard et je dois encore trouver une bouteille de vin. J'ai finalement choisi une chemise à carreaux rouges avec la même cravate. J'ai l'air d'un styliste de mode. Pas d'une gravure.

Et on dit que les filles mettent longtemps à se préparer !

J'ai pris du mouton-rothschild 1986 (ce sont des amis). Dans la voiture, j'ai écouté *Eye Know* des De La Soul.

Je chantais très fort. À un moment, deux passantes m'ont montré du doigt en rigolant, alors j'ai éteint la radio.

J'ai réussi à me garer pas trop loin. Je me suis recoiffé dans l'ascenseur, j'avais le trac comme le jour de mon bac français. J'ai attendu de dérougir avant de sonner et puis en avant toute.

Ce fut une catastrophe. Anne n'a pas dit un mot de la soirée. Dès mon arrivée, je me suis senti ridiculement overdressed. Son père avait invité des amis post-soixante-huitards : bluejeans à pattes d'eph et cheveux gras. Je lisais dans leurs yeux la sordide étiquette qu'ils m'apposaient : fils à papa coincé, tasse de thé, cul serré. Ou bien étais-je simplement parano ? Le fait est que je gênais tout le monde, Anne y compris. Elle fuyait mes œillades et ne manquait pas un prétexte pour se lever de table. J'ai même fini par la trouver moins mignonne que les autres fois. Et la conversation se focalisait sur moi : ce que je faisais, ce que je pensais des événements de l'Est, « en tant que jeune », quelles étaient les nouvelles tendances…

Pire : je ne me défilai pas et jouai à la perfection mon rôle de sale-gosse-de-riche-pourri-et-décadent. Je suis difficile à battre sur ce terrain-là. Moins je suis quelque chose, plus je le parais ; moins je pense quelque chose, mieux je le défends. Je n'ai pas fait Sciences po pour rien.

Après le dîner, je dus écouter les leçons de mes aînés. Comment ? Je n'avais pas lu les livres indispensables : *De l'inutilité de tout, La Tentation sodomite, Le Degré 12,5 de l'écriture, Fouet et modernité* ? Quoi ? La politique m'ennuyait, je ne comprenais rien à la guerre du Liban, je n'avais pas envie d'assassiner mes parents, je n'avais jamais essayé l'opium, je n'avais pas eu d'expériences homosexuelles, j'étais insensible à l'œuvre de Michel Tournier, je ne prenais pas de tranquillisants, je portais des cravates, et je n'étais même pas d'extrême droite ! Tout le monde bâillait, même le décolleté d'Anne ; j'ai aperçu un de ses seins ; je n'étais pas venu pour rien.

Cette nuit-là, j'ai fait l'amour à Victoire pour la dernière fois. C'était un oral de rattrapage. Quitte à être mesquin, autant y aller carrément. Il n'y a pas que les cercles qui soient vicieux.

L'instant fatidique a fini par arriver : Victoire m'avait déposé un mot dans l'entrée. « Dînons en tête à tête ce soir chez Faugeron. Il faut que je te parle. » C'était bon signe : Henri Faugeron servait un excellent magret. J'irais : mieux vaut bouffer du canard que poser un lapin.

Anne m'appela l'après-midi même pour me demander si je ne m'étais pas trop ennuyé chez son père. Preuve de perspicacité. En tout cas, elle était plus psychologue que moi, qui pensais être grillé. Un bonheur n'arrive jamais seul.

Tout était fini entre Victoire et moi : je l'ai su dès son arrivée chez Faugeron. Comme à son habitude, elle était en retard de douze minutes exactement. Cela m'a laissé le temps de goûter leur whisky sour. Il se défendait : nettement plus whisky que sour. À quoi reconnaît-on un bon restaurant ? Les verres à vin y sont plus grands que les verres à eau.

On peut classer les filles selon leur parfum. Il y a celles qui vous en rappellent une autre. Il y a celles qui empestent : leur odeur les précède comme un aboyeur. Il y a aussi des parfums qui évoquent la place d'un village provençal et des assiettes de tomates-mozzarella où l'on ne mange que la mozzarella. Est-il besoin de préciser que Victoire ne faisait plus partie de la troisième catégorie ?

Plus le dîner avançait, plus ma certitude se confirmait : notre amour s'était auto-dissous comme une pastille d'Alka-Seltzer dans un verre d'eau du robinet. Avec le même effet salvateur.

— Marc, ce que je vais te dire n'est pas très agréable…, attaqua Victoire.

— Où est le sel et le poivre ?

— … Je crois que cette vie ne nous mène pas à grand-chose…

— Scrunch, groumph, sploutch (le magret de canard était accompagné d'un gratin de courgettes).

— … respecte ce que nous avons connu ensemble…

— Garçon, s'il vous plaît, la même bouteille de vin !

— … ne sais jamais ce que tu as dans le crâne…

— Gloub, gloub, gloub (haut-brion 1975, le vin perdu de Matzneff).

Rien ne sert de courir, il faut partir à pied. Je me suis levé de table très lentement, je me suis passé la main dans les cheveux, j'ai fini mon verre, j'ai vidé le reste de la bouteille sur la tête du chien de la dame d'à côté, j'ai dit à Victoire que j'allais téléphoner, que je revenais tout de suite et je n'ai pas regretté ce mensonge qui m'a évité de payer l'addition.

Les deux phrases les pires au monde sont : « Il faut que je te parle » et « J'aimerais qu'on reste amis ». Le plus drôle est qu'elles arrivent toujours au résultat opposé, et cassent aussi bien la conversation que l'amitié.

Je ne voudrais pas jouer les durs à cuire, mais enfin je trouve que je prenais assez bien mon récent célibat, l'ayant largement prévu et en partie provoqué. Bon, il est possible que j'aie renversé une ou deux poubelles à coups de pied, juste pour la forme. Victoire m'avait vraiment largué comme une vieille chaussette (ou Kleenex, ou capote, ou tampon usagé, au choix). Une situation pareille ne se trouvait que dans les mauvais romans. Sachez qu'il m'en coûte beaucoup d'écrire cela.

C'est alors que mon destin pila devant moi en crissant des pneus. Anne avait dû m'entendre ou bien avait-elle déjà lu ce livre ? Elle m'offrit en tout cas l'hospitalité de son scooter. Elle aurait pu passer pour une femme pressée, avec son tailleur charnel et son walkwoman, mais les femmes pressées n'écoutent pas Jean-Sébastien Bach en brûlant tous les feux (même les verts). J'ai vite regretté de ne pas avoir décliné son offre. Elle conduisait comme une malade mentale. Je le lui dis.

— Pourquoi est-ce que tu accélères dès que le feu passe au rouge ?

— Mais non il était orange !

Il s'agissait donc d'un cas de daltonisme, tout à fait banal et nonobstant mortel.

— Je suis désolée pour le dîner de l'autre soir, cria-t-elle. Je ne savais pas que papa amènerait sa secte d'anciens rebelles.

— Mais c'était génial, je t'assure, je me suis marré, FREINE, Y A UN PIÉTON, LÀÀ !

— Calme-toi, enfin…

J'étais très calme : je gardai les yeux fermés durant tout le trajet. Elle allait chez Castel, j'étais d'accord et puis je n'avais pas le choix.

« Aimer c'est agir », a dit Victor Hugo. Je jugeai bon de suivre le précepte du vieux play-boy. Dans cette boîte, j'aurais tout loisir de la saouler, pas seulement de mots. J'admirais ses dents et m'employais à la faire sourire pour les contempler le plus souvent possible. Le temps passait vite avec elle. Les minutes duraient quelques secondes.

À l'intérieur, je fis l'imbécile. Le club était plein de célébrités, de poivrots, de mythomanes, d'écrivains, de putes et de violeurs. La clientèle habituelle. Je forçais Anne à danser, la quittais pour saluer des copains, embrassais des jolies filles devant elle. Je pensais l'épater mais je ne faisais que la décevoir. Je le sentais, mais continuais mon petit jeu car je n'avais pas d'autre idée, et mon cerveau s'embrouillait. Je ne peux m'en prendre qu'à moi si ce qui devait arriver arriva. Anne a fini la nuit au cou d'un petit nain. Je les ai vus s'embrasser sur la bouche, avec moult échanges linguaux et salivaires. Adieu veaux, vaches, cochonneries. Anne, ma sœur Anne, je ne verrai rien venir. Etc.

Ce soir-là, j'inaugurai un nouveau cocktail : le « Case Départ ». Un tiers de vodka, deux tiers de larmes.

J'ai dormi la fenêtre ouverte. Je ronflais, la chatte aussi, le frigidaire aussi. J'étais gelé, la chatte aussi, le frigidaire aussi. En fait je ne dormais pas vraiment, la chatte non plus, le frigidaire non plus. Je me suis levé pour fermer la fenêtre ; l'animal domestique et le matériel électro-ménager ont cessé de me préoccuper.

« Anne, je divague et sur cette vague je bâtirai mon églogue. »

C'est de moi.

Deux amours foirés en deux jours, ça commençait à bien faire. Il était temps de prendre le large. Justement, les ricaneurs pantalonnés partaient en voyage. Jean-Georges avait dégoté un bal à Vienne. À part lui, aucun d'entre nous n'était invité : ce genre de détail ne suffisait pas à nous dissuader. Un bal en Autriche, c'était exactement la cure qu'il me fallait. Rien de tel qu'une ivresse parmi les fantômes pour remettre les pendules à l'heure. Moi-même, j'étais presque un revenant, alors…

Deuxième partie

Des trains qui partent

« Les voyages forment la jeunesse
et déforment les pantalons. »

Max Jacob.

Liste des sujets de conversation abordés pendant le voyage : le prix exorbitant des bières dans les trains, le dernier San Antonio (*Tarte aux poils sur commande*), la haine de la publicité et de ceux qui la font, qui sort avec qui, le dernier Fellini, Victoire (ah bon ? c'est fini entre vous ?), les imbéciles qui ne mangent pas la peau du saucisson, une cinquantaine de rototos, qui a largué qui, l'œuvre de Knut Hamsun, la haine des mecs qui portent des chaussettes de tennis quand ils n'y jouent pas, nos copains morts, nos copains mariés, nos copains papas, Anne (c'est qui ? on l'a déjà vue ?), la haine de Magritte, Buffet, Vasarely et César, le suicide, le meurtre, les prochaines fêtes, Casanova, Don Juan, Roger Vadim, les filles qui ne se maquillent jamais, celles qui se maquillent trop, les ceintures de smoking, les sandwiches grecs de la rue Saint-Denis, « La vie est un carnaval / Et le monde est un immense bal / Où nous tournons inlassablement / Portant tous un déguisement » (Georges Guétary dans *Monsieur Carnaval* de Frédéric Dard), la *Traviata*, le rap, l'herbe, le gin tonic, le gin rummy, les jeans troués, les gros seins, l'Amérique du Sud, la baie de Rio, Stan Getz, les voitures décapotables, l'alcootest, le bal à Vienne, thème *Valmont is back,* tenue xviiie siècle de rigueur, cinq cents invités, au château de Rosenburg, à vingt minutes au sud de la ville, et ce sont des Français qui reçoivent !

Ivres-morts, nous descendons du train un quart d'heure après son entrée en gare de Vienne. Nous errons dans la ville à la recherche d'un hôtel. Nous effrayons les autochtones. Nous sommes devenus les hooligans cravatés, ça sonne encore mieux que les ricaneurs pantalonnés. Nous montons dans un autobus *in petto, sine die* et *manu militari.* Jean-Georges s'endort sur les genoux d'une vieille dame en criant « Heil Kurt Waldheim ! » et nous sommes jetés de l'autobus *a priori, ipso facto* et *ex abrupto.* Il n'en rate pas une. Plusieurs d'entre nous (dont moi) avons envie de le latter*. Il a de la chance : nous avons

---

* Latter, v. tr. (1288, de latte). Garnir de lattes (Petit Robert). Par extension, casser la gueule à coups de pied. *(Note de l'auteur.)*

trop mal à la tête pour ça. Condensons la suite des événements : taxi, hôtel, bain, aspirine, déguisement, taxi, arrivée au bal. En piteux état, mais parés.

J'ai tout aimé à Vienne. Surtout les mollets d'Anne, malencontreusement demeurés à Paris. Néanmoins ce bal costumé s'est avéré un remède efficace à ma mélancolie. Il faut dire qu'il avait commencé sous de bons auspices puisqu'on nous y a laissé entrer sans poser de questions : gage d'un exceptionnel savoir-vivre ou amortissement de nos locations de costumes ? Le carton d'invitation exigeait la tenue libertine du siècle des Lumières ; nous lui avons obéi au doigt (et ce n'était pas à l'œil).

Je me sentais d'attaque, quoique embarrassé dans mes jabots et perruques poudrées. Il faut souffrir pour être libertin.

Une belle fête se reconnaît dès l'entrée. Combien de fois ai-je voulu tourner les talons deux secondes après une arrivée dans un salon sinistre, fleurant le fiasco à plein nez ? Jamais mes intuitions ne me trahissaient ; je ruminais ensuite ce bon réflexe hypocritement réprimé, subissant les *private jokes* et le *name dropping pushy* de ce *social flop*. Les Anglais ont d'excellents idiomes pour ces idioties.

Le bal viennois, lui, vous estomaquait au premier coup d'œil. La façade du château était éclairée aux chandelles et le parc scintillait de mille petites taches lumineuses. À votre arrivée un quatuor à cordes rythmait vos pas d'un gentil allegro mozartien. Tous les invités étaient somptueusement déguisés. Louis XVI était là, Marie-Antoinette aussi, et — comme à l'époque — ils n'étaient pas ensemble. Sauf quelques anachronismes déplorables (Richelieu se gavait de petits fours dans un coin, Napoléon Bonaparte n'osait même plus se montrer), on se croyait vraiment revenu deux siècles en arrière. N'ayant malheureusement pas connu cette époque, cela m'évoquait plutôt quelques films de Milos Forman.

Les gens jouaient le jeu et se mettaient même à parler en vieux français, employant des expressions comme « Messire, ce festoyment m'agrée fort » ou « Ma mie, vous m'échauffez les sens, je m'en vais vous foutre derechef », qui donnaient à ce tableau une vérité criante, si l'on peut dire. Partout ce n'étaient que libations, stupres, concours de boissons sous les tonneaux de vin rouge, batailles de nourriture (les cailles, bien que rôties à l'estragon, continuaient de voler) et course après les marquises autour des tables et dans les buissons.

À l'intérieur du château, le bal envahissait tout le rez-de-chaussée. Un historien méticuleux se serait sans doute offusqué : l'on dansait moins le menuet que l'acid-house. Cela dit, si Valmont revenait (mais nous a-t-il vraiment quittés), il n'aurait pas tellement de mal à s'adapter aux danses modernes qui ne sont, grosso modo, que des variantes de la bourrée médiévale.

Quelques couples s'aventuraient à visiter les étages, par curiosité architecturale ou pressés par l'urgence.

Des gens dormaient, d'autres partaient, se suicidaient ou engageaient la conversation. J'eus du mal à me débarrasser d'une marquise de Merteuil encore plus excitée que l'originale. Elle ne cessait de me demander si je voulais voir combien elle portait de jupons. Je fis semblant de ne pas comprendre l'anglais et déguerpis quand elle engagea un effeuillage complexe. Dans le jardin, la bataille en était aux desserts. J'évitai de justesse un vacherin à la framboise et en fus quitte pour quelques taches de coulis de fraises sur mon pourpoint doré. Il faut vivre dangereusement.

Les hooligans cravatés étaient en ordre dispersé. L'un avait piqué des bouteilles de champagne sous le buffet et arrosait deux Tourvel qui se demandaient laquelle copiait l'autre. J'en ai trouvé un autre en grande discussion avec le futur roi de Belgique sur l'authenticité d'un soutien-gorge trouvé sur la piste de danse. Puis je suis tombé sur Anne-Marie, une jeune Allemande, cousine des Habsbourg, à côté de qui j'avais dîné aux Bains l'année précédente. Elle me demanda si j'avais de la coke. Elle ne devait pas avoir plus de dix-sept ans mais dans ces pays-là c'est un âge relativement expérimenté. Je n'en avais pas ; elle daigna tout de même accepter une coupe de champagne tandis que je buvais un plein verre de vodka, cul sec. Ma réputation était sauve.

Je l'ai suivie dans les jardins à la française et, quand nous sommes revenus, ma patrie était vengée. Cependant presque tout le monde était parti. « Les Autrichiens sont des couche-tôt », me dit Jean-Georges qui avait cassé sa montre.

Par chance, Anne-Marie logeait dans une suite au palais Schwartzenberg. Je ne me fis pas prier pour accepter son invitation. Comme tous les enfants gâtés, je fais semblant de cracher dans la soupe mais j'ai des habitudes de nouveau riche. Nous devions seulement marcher sur la pointe des pieds pour ne pas réveiller ses parents.

Le retour se fit sans encombre sous les décombres. Nous traversions la nuit, ombres dans la pénombre. Malgré les apparences, cette équipée ne rimait pas à grand-chose.

Tout marcha comme sur des roulettes et lorsque le petit déjeuner arriva (également sur roulettes), Anne-Marie avait un nouveau roommate. J'ai été choqué en constatant la joie de ses parents, à croire que je venais de me taper un cageot esseulé. Ce n'était pas le cas : Anne-Marie ne proposait pas un visage avenant mais disposait d'une paire de loches de 92 centimètres bonnet C, c'était une *femme avec qualités*.

Anne-Marie a repris deux fois des œufs brouillés aux truffes car je lui avais laissé ma part. Comme eux, j'étais à ramasser à la petite cuillère. Je me suis contenté d'un verre d'eau dans lequel j'ai regardé deux pastilles de Guronsan se dissoudre lentement (le Guronsan est la coke des coincés). Anne-Marie gazouillait en allumant la télévision et je m'en suis voulu de faire aussi piètre figure. Nul doute qu'elle raconterait à sa famille la minable constitution et la faible résistance de la nation française. Son père sourirait à table et embrayerait sur la réunification de l'Allemagne. Rien que d'y penser, j'avais des aigreurs d'estomac. Heureusement que je ne portais pas de pyjama sinon je me serais pris pour Charlotte

Rampling dans *Portier de nuit*. À l'évidence, l'Autriche attisait mon sentiment de persécution. Je commençais à comprendre l'exil volontaire de Thomas Bernhard.

Vers quatre heures de l'après-midi, j'ai rejoint les hooligans à leur hôtel. Ils faisaient peine à voir, à quatre dans un lit double. Les murs de la chambre dégoulinaient de mousse blanche : ils avaient fait mumuse avec les extincteurs d'incendie.

J'ai ouvert la fenêtre pour évacuer l'odeur d'anhydride carbonique, de champagne séché, de chien chaud et de cendre froide. Le jour est entré de force dans la pièce. Les grognements ont commencé.

— Réveil ! Réveil ! ai-je crié comme le brigadier de mon escadron au 120e régiment du train de Fontainebleau.

Nous nous sommes promenés dans Vienne mais le cœur n'y était plus. Les lendemains de fête ne chantent pas. Tous les cafés étaient fermés. Quelle étrange manie ont ces peuples de ne pas travailler le dimanche ! À Paris, tous les magasins sont ouverts le jour du Seigneur. Vienne était une ville morte. À moins qu'un couvre-feu ait été décrété en notre honneur ? Ses habitants semblaient claquemurés derrière leurs volets vanille-fraise. Le retour à la gare fut pénible. En comparaison, la retraite de Russie avait dû être une promenade de santé.

Jean-Georges se noyait sous les références littéraires. Il mélangeait Zweig, Freud, Musil, Hitler et Schnitzler dans un maelström de cuistreries incultes. Il négligeait mes Autrichiens préférés : Hofmannsthal et Nicki Lauda. Sur un point cependant, il ne se trompait pas : comme nous, ces grands hommes n'avaient pas été tellement dans leur assiette ici. L'un d'entre nous lança un jeu de mots sur « le Pont Mirabeau » d'Apollinaire (« VIENNE la nuit, sonne l'heure, etc. ») et je fus pris soudain d'une crise de vomissements incontrôlables. C'était vraiment pire que la campagne russe. Au moins là-bas, la garde mourait mais ne rendait pas…

Le soir, nous avons pris des trains qui rentraient.

Troisième partie

Les paradis superficiels

« Dieu seul est partout. Et juste en
dessous, il y a James Brown. »

James BROWN.

Autrefois, on appelait ça « cristalliser ». En ce qui me concerne, je dirais plutôt que j'avais « flashé » sur Anne, car il faut vivre avec son temps. Elle était mon idée fixe. Incapable de cacher mes sentiments, j'en avais fait part à Jean-Georges qui m'avait écouté poliment. Il m'avait même donné quelques conseils : ne jamais lui dire « je t'aime », ne jamais lui envoyer les lettres d'amour que j'écrivais jour et nuit, me raser de près, arrêter de boire, avoir les cheveux propres, ne jamais lui téléphoner mais être présent, comme par hasard, partout où elle sortirait, toujours aimable, drôle, galant et bien habillé… et attendre, attendre encore, et attendre cette attente. Ce serait Anne qui déciderait. C'était peut-être une pure perte de temps, mais il n'y avait pas d'autre solution.

Mes journées commençaient de façon positive. Je me levais, me brossais les dents, buvais une tasse de café, tuais quelqu'un. Il suffisait de regarder par la fenêtre : la ruelle était pleine d'inutiles souffreteux qui attendaient mon coup de grâce. Je mimais un fusil avec mes deux mains, visais calmement. Mon doigt ne tremblait pas quand j'appuyais sur la détente.

Marc Marronnier, l'horrible *serial-killer,* le terrifiant *mass-murderer,* le traumatisant *sexual-maniac,* le fameux *night-clubber,* avait encore frappé. Il avait toutes les polices à ses trousses. Des laboratoires analysaient scientifiquement ses cheveux. Il éclatait d'un rire sardonique. Des confettis flottaient dans son verre de cidre bouché. Sur sa boîte de lessive, il lisait « Génie sans bouillir ». Seule une lessive pouvait y parvenir.

Tout d'un coup il m'est devenu indifférent de ne pas me masturber.

Tout d'un coup il m'est devenu indifférent de ne pas me défoncer.

Tout d'un coup il m'est devenu indifférent de ne pas être Mick Jagger.

Tout d'un coup il m'est devenu indifférent de ne pas savoir par cœur les paroles de *la Bohème*.

Tout d'un coup il m'est devenu indifférent de ne pas me ronger les ongles.

Tout d'un coup il m'est devenu indifférent de ne pas avoir couché avec Roland Barthes.

Tout d'un coup il m'est devenu indifférent de ne pas draguer.

Tout d'un coup il m'est devenu indifférent de ne pas avoir ma photo dans les journaux.

Tout d'un coup il m'est devenu indifférent de ne pas aller chez le coiffeur.

Tout d'un coup il m'est devenu indifférent de ne pas manger.

Tout d'un coup il m'est devenu indifférent de ne pas boire.

Tout d'un coup il m'est devenu indifférent de ne pas sortir.

Tout d'un coup il m'est devenu indifférent de ne pas écrire.

Tout d'un coup il m'est devenu indifférent de ne pas mourir.

Tout d'un coup Anne.

Mon exaltation me faisait rire. J'avais enfin l'impression de concorder avec mon temps. Il y avait des révolutions partout, pourquoi pas en moi ? On nous parlait de la Fin de l'Histoire. Or la mienne redémarrait. La Fin des Idéologies avait engendré une idéologie de la Fin. C'était le culte de la chute. Tout était bien qui finissait mal. Foutaises !

Méfiez-vous de vos idéaux soft car ils m'ont donné des envies hard. Mon réveil sonne. Poussez-vous, j'arrive ! On a voulu faire de nous des lopettes fatiguées et voici qu'une génération déboule, violente, sexuelle, révolutionnaire et amoureuse. Qui a dit que l'histoire ne repassait jamais les plats ?

En attendant, j'occupais soigneusement le terrain : Anne ne pouvait pas aventurer le nez dehors sans retrouver les miens en face. Visitait-elle une exposition ? J'étais en train de plaisanter avec le peintre. S'asseyait-elle pour découvrir une collection de mode ? Je l'invitais à boire une coupe de champagne dans les cabines. Descendait-elle au Festival de Cannes ? J'étais dans le même avion. J'essayais d'être le moins collant possible mais j'étais tout de même souvent dans ses pattes. C'est ainsi, ma vie est une suite d'éjaculations précoces ; je n'ai jamais su me retenir de vivre.

C'est à n'y rien comprendre. J'ai rencontré Anne par hasard à la pendaison de crémaillère d'une bande d'amis. Il était très tard et l'air était chargé d'électricité. Je l'ai tout de suite reconnue et me suis mis à trembler de tous mes membres (y compris celui du milieu). Croyez-le ou non, dès qu'elle m'a vu, elle a arrêté de danser, s'est approchée lentement, m'a pris la main et m'a entraîné dans une chambre. Là, elle m'a serré la main un peu plus fort et m'a embrassé sur les lèvres, doucement, comme au cinéma. Trois fois. Et elle est repartie. Je me suis souvenu de Jean-Pierre Léaud demandant si les femmes étaient magiques.

Au lieu de réfléchir, j'aurais mieux fait de suivre Anne, mais était-ce possible ? Quoi qu'il en fût, j'eus beau retourner l'appartement dans tous les sens, elle avait bel et bien disparu. J'étais incapable de dire si j'avais rêvé ou non. « Oh

Seigneur, faites que ce ne soit pas un rêve ! » C'est fou ce qu'on devient croyant dans ces moments-là.

Et le jour s'est levé.

Je n'avais pas rêvé. Anne m'a rappelé le lendemain. La nuit porte conseil. Ainsi, elle n'avait pas agi gratuitement, dans le feu de l'action, mais d'une manière calculée. Elle m'a certifié qu'elle n'était pas ivre. Il y a donc à Paris des filles en parfaite possession de leurs moyens qui embrassent les garçons par surprise. En tout cas il y en avait au moins une. Ça me suffisait. Je n'ai jamais été particulièrement boulimique dans ce domaine. Disons que j'ai fait de nécessité vertu, ce qui ne m'empêche pas d'être d'un romantisme très inflammable.

À partir de ce coup de téléphone réparateur, j'ai pu vérifier la validité de la courbe tracée plus haut (voir figure 3, page 46). Quant aux autres courbes, je me dévouai pour en faire l'inventaire. Notre passion fut en effet chérivante, gélinienne et trognonne. (Les mots sont tellement malhabiles à décrire ce que nous avons vécu que je me suis permis d'en inventer d'inédits.)

Chez elle, j'aimais :

— ses mollets (déjà dit) ;

— ses compliments (mais ils me faisaient rougir) ;

— sa façon de se passer la main dans les cheveux (doigts écartés) ;

— sa cuisine (surgelée) ;

— ses jupes (courtes) ;

— sa colonne vertébrale (surtout quand elle se penchait) ;

— son rire (à mes blagues) ;

— ses salières (ou clavicules) ;

— SA PEAU ;

— et l'envie qu'elle me donnait de faire ce genre de listes.

Je me suis acheté un fusil à canon scié. Je ne sais pas ce qui m'a pris. Je suis incapable de me servir de cet engin et je ne vois pas pourquoi j'en aurais besoin : je suis d'un naturel plutôt calme et mes ennemis se comptent sur les doigts d'une main. En plus ce truc m'a coûté une fortune. Mais je le regarde, il est joli.

Il arrache la tête d'un être humain à cinquante mètres.

Nous restions dans notre lit, nous nourrissant exclusivement de foie gras et de Coca-Cola (l'ano-rexie est un hédonisme), regardant les vidéo-clips à la télévision jusqu'à la fin des émissions. Il nous arrivait aussi de manger des pistaches mais cela me donnait des aphtes. Quoi d'autre ? Nous apprenions par cœur les dialogues de Michel Audiard, volions les verres dans les soirées, roulions vite en écoutant Cat Stevens, *Peau d'Âne* de Michel Legrand, Sarah Vaughan, pensions que rien ne pourrait nous arrêter, qu'on pouvait être heureux impunément. Nous n'avions pas encore lu E.M. Cioran : nous étions adorables.

La chatte nous réveillait pour son déjeuner. J'aimais bien la clarté de nos relations : l'amour en échange de la bouffe. Nos rapports s'établissaient sur des bases sûrement plus saines que chez la plupart des êtres humains. À peine lui tendais-je son assiette que le ronronnement s'enclenchait : donnant, donnant.

J'étais de bonne humeur, j'avais horreur de ça. N'importe quoi me faisait sourire et je n'arrêtais pas de remplir mes poumons d'air frais. J'ai même eu les larmes aux yeux en regardant un soap opera. La joie de vivre ne m'a jamais tellement réussi. Reiser disait que les gens heureux le faisaient chier. Je partage cette opinion, tant pis s'il en est mort.

Anne m'apportait des croissants et, même si je ne ronronnais pas, je n'en pensais pas moins. Puis c'étaient des baisers sur ses yeux dans chaque pièce de l'appartement et des déclarations d'amour surtout dans la chambre à coucher. À partir du moment où Anne était VRAIMENT la plus jolie fille sur terre, pourquoi le lui cacher ?

Nous étions si mignons. Nous buvions de la Williamine.

Ou bien nous sabrions le champagne dans le port de Socoa : du Moët et des mouettes.

J'avais de la chance, Anne tolérait mes calembredaines.

Ainsi passa beaucoup de temps et je sortais de moins en moins.

Quand on aime, on ne compte pas. Si : on compte les jours et les heures, parfois les minutes. Anne ne m'a pas donné de nouvelles pendant deux jours et j'ai vieilli de dix ans. J'ai surveillé le téléphone, démonté le téléphone, remonté le téléphone. J'aurais pu passer mon C.A.P. de téléphonicien. Anne a fini par venir. Son père était hospitalisé.

Je n'ai même pas pu l'engueuler !

Si j'avais su qu'une scène de ce roman se passerait à Venise, je ne serais peut-être pas entré en littérature aussi prestement. Venise est une ville pour les comités d'entreprise, les amatrices de gondoliers et les étudiants en lettres qui portent des vestes en velours côtelé. Par ailleurs, c'est le seul endroit où il soit plus chic de mourir que de se rendre à un bal. Mais Anne tenait à y aller, son père désirant qu'elle le représentât chez son vieil ami le prince de G. Nous avons donc pris l'*Orient-Express*. Nous n'avons pas beaucoup dormi ; certains passagers de notre wagon ont porté plainte pour tapage nocturne. J'avais sombré dans un profond sommeil dès notre arrivée à l'Excelsior.

Lorsque je m'éveillai, il faisait nuit. Anne avait disparu mais il y avait pire : j'avais oublié mes boutons de manchettes à Paris. En descendant dans le hall, j'époussetai discrètement les quelques pellicules qui mouchetaient les épaules de mon smoking. Un peu de dignité, que diable. Tadzio avait-il des pellicules ?

Anne m'attendait au bar du Gritti. C'est du moins ce qu'elle affirmait dans un petit mot laissé à la réception. Selon le portier, cela faisait bien deux heures qu'elle était de sortie. Je lui glissai un billet de dix mille lires. Il faut aider les doormen : cette profession menacée a su maintenir une tradition ancestrale d'espionnage et de délation. De surcroît, c'est un métier qui ouvre des portes.

Les rues étroites grouillaient de poètes en herbe et de touristes en short. Autant dire qu'il y avait beaucoup de pigeons sur la place Saint-Marc.

Bien entendu, Anne n'était pas à son rendez-vous. Ce n'était pas une raison pour se priver d'un petit Bellini. Ni d'un deuxième, d'un troisième, voire d'un quatrième, tiens, Anne, te voilà, où étais-tu passée ? Elle portait une robe si sublime que j'en ai renversé mon verre.

Nous sommes arrivés en retard au bal, c'est-à-dire à l'heure. Le Palazzo Pisani Moretta flamboyait dans la nuit glacée. Un millier d'étoiles se noyaient dans le Grand Canal. J'ai noté une phrase sur une boîte d'allumettes : « Anne était vaporeuse sur le *vaporetto*. » Cela dit, je n'en menais pas large non plus.

En apercevant les buffets, j'ai réalisé que je n'avais rien mangé depuis vingt-quatre heures. Tandis que je réglais leur compte à douze douzaines de canapés aux œufs de saumon, Anne valsait déjà avec un acteur célèbre. Cela me donna soif. Je déambulai parmi les étages, mon champagne à la main, contemplant les lustres, les fresques, les décolletés et le champagne qui me coulait sur la main et à l'intérieur de la manche.

Finalement je connaissais tout le monde. Jean-Georges, entre autres. Il dansait une farandole avec des Arlequins en arrosant les convives de confettis. La baronne de R. était montée sur les épaules de Charles-Louis d'A. Sa robe était troussée jusqu'en haut des cuisses. Il y avait aussi le couturier Enrico C. qui dansait le sirtaki sur une table tandis que S.A.R. le prince de G. urinait derrière les rideaux. Françoise S. vomissait par la fenêtre. Guillaume R. et Matthieu C. dormaient par terre et ce fut en enjambant leurs corps inertes que je la vis.

Elle avait un foulard dans les cheveux. Elle discutait avec le maître d'hôtel en buvant son verre à petites gorgées. Elle était éclairée de côté par un projecteur rose qui la contraignait à cligner souvent des yeux. Elle souriait sans raison apparente. Regarder Anne vivre était devenu mon passe-temps favori. Une bouffée de tendresse m'envahit. Et disparut aussi vite quand je vis l'acteur célèbre la prendre par la taille et l'entraîner dans un petit salon.

Je m'empressai de les suivre. L'effet de l'alcool amplifiait ma jalousie. Anne riait et la main de l'acteur montait et descendait sans protestation de sa part. Ils s'installèrent sur un divan trop moelleux pour être honnête. Que faire ? Intervenir ? Mon orgueil me l'interdisait. J'optai pour la tactique la plus vicelarde et m'assis à la table d'en face où Estelle, bonne amie d'Anne, récupérait après une demi-douzaine de rocks acrobatiques et à peu près autant de chutes spectaculaires sur le coccyx.

— Ça va ? lui demandai-je en approchant mon genou du sien.

— Bof, je crois que j'ai un peu bu…

Je n'en espérais pas tant. Je lui chuchotai une blague débile dans le creux de l'oreille. Elle éclata de rire. Normalement, Anne aurait dû bouillir mais elle restait parfaitement impassible et l'acteur célèbre réduisait les distances sur ce maudit sofa. Vaincu, ulcéré, je fis l'indifférent et leur lançai même un hochement de tête sympathique. Le style cocu complaisant. Cela devenait malsain : je pris la fuite.

La soirée battait son plein. Le disc-jockey

romain enchaînait les tubes disco. Lord P. et plusieurs membres de son cercle s'envoyaient du gâteau à travers la pièce. Ils avaient formé des bunkers de tables renversées et de chaises empilées. Tout le monde était couvert de crème Chantilly. Janice D. fit même une glissade de plusieurs mètres avant de s'écrouler dans un bouquet de fleurs. Il est vrai que la piste de danse tenait plus de la patinoire que de la marqueterie vénitienne. Paolo di M. en profita pour écraser son cigare sur un tapis persan. Charles de C. riait tellement que nous dûmes le porter sur la terrasse car il était victime d'une crise d'asthme.

J'y retrouvai Anne et son acteur galant qui devisaient gaiement, accoudés au balcon. L'imbécile lui jouait un film et le pire est qu'elle marchait ! Mon sang ne fit qu'un tour. Je montai debout sur la balustrade. Anne poussa un cri mais il était trop tard, j'avais déjà sauté dans l'eau noire du Grand Canal.

Lorsque je refis surface, une trentaine de personnes étaient penchées au-dessus de moi. Je crevais de froid mais cela me fit chaud au cœur. On ne se doute pas en accomplissant ce genre de geste byronien à quel point la réalité vous rattrape vite : trempé jusqu'aux os, puant la vase et le mazout, le smoking dégoulinant, les cheveux plaqués sur le crâne, claquant des dents et enroulé dans une ridicule couverture de laine aux motifs écossais, j'eus tout le temps de ravaler mon dandysme. Mais l'objectif était atteint : Anne me couvrait le front de rouge à lèvres et me traitait de fou. L'acteur célèbre pouvait continuer son cinéma ailleurs. Moi je ne jouais pas, j'agissais !

Et le jour s'est levé, comme il arrive souvent.

Assis au-dessus de l'eau, tournant délibérément le dos au lever du soleil sur le Lido et à toute forme d'imagerie sociétale aliénante en général, nous avions froid aux fesses. Anne me tenait par la main ; on ne peut pas échapper à tous les clichés.

Le disc-jockey nous avait donné des ecstasy. « Try it, try it, a mucha fun, a mucha crazy. » Il avait la voix de Chico Marx.

J'avais sommeil, on entendait quelqu'un jouer du piano dans la brume, ces pilules ne me disaient rien qui vaille. Jean-Georges essayait d'embrasser Estelle dans le cou. Anne se moquait du costume prince-de-galles que notre hôte m'avait prêté pendant que mes affaires séchaient. Il était dix fois trop large. Et puis quoi encore ? Voulait-elle que j'attrape la crève ? Je lui préparais une belle scène de jalousie pour plus tard. Je déteste laver mon linge sale en public. Surtout quand je ne suis pas habillé avec le mien.

Soudain j'ai eu chaud. J'étais ridicule de m'énerver de la sorte. Jean-Georges était mon meilleur copain et Anne la femme de ma vie. J'avais très envie de le leur dire. C'était essentiel de se dire ces choses. Les gens ne se parlaient jamais. Et nous qui avions de la chance de nous sentir si bien ensemble, nous allions nous le cacher ? Anne me serrait la main de plus en plus fort. Les notes du piano tournaient pendant des heures dans l'air. Estelle a embrassé Jean-Georges. J'ai tout pardonné à Anne et elle s'est appuyée contre moi. C'était l'amour, le bonheur, la vérité.

L'ecstasy est un drôle de poison.

Venise manque d'arbres. Que me fallait-il dans la vie ? Les arbres me suffisaient, qui bruissent dans le vent et ruissellent sous la pluie. Les arbres et le creux d'une épaule.

Le jour se lève, il faut tenter de dormir. Toutes les promenades ont une fin. Dans les cheveux d'Anne, j'ai vu mon amour qui se noyait.

Les Vénitiens appellent ça « le cafard après la fête ». Je crois que c'était surtout une mauvaise descente.

Je suis réveillé par une vive douleur sur le torse. Je suis attaché aux montants du lit et Anne me fouette avec une ceinture. Elle vise toujours le même endroit. J'ai le ventre en feu. Ce n'est que quand elle se décide à taper plus bas que je commence à me débattre. Alors elle me caresse longuement, ce qui me laisse le temps de me détacher (deux superbes cravates foutues en l'air). Puis elle me monte dessus et nous jouissons très vite car il faut libérer la chambre avant midi.

Les Vénitiens appellent ça « le devoir conjugal ». Je crois que c'était surtout un réveil difficile.

J'ai ajourné la scène de jalousie. Après tout, je n'aurais pas dû laisser cet acteur draguer Anne. Il m'avait pris pour un échangiste ! C'était ma faute. Je conservai tout de même ma rancœur par-devers moi, en guise de munitions pour un éventuel règlement de comptes ultérieur, comme une épée de Damoclès, un rocher de Sisyphe, un supplice de Tantale, repoussé aux calendes grecques.

À Paris, j'ai retrouvé un appartement débarrassé de la plupart de ses meubles. Victoire avait fait le vide. Il n'y avait plus de lit, plus de casseroles, plus de shampooing, plus d'après. Il ne restait que la chatte affamée. Ses miaulements remplissaient difficilement tout cet espace. Je l'ai prise dans mes bras et elle m'a griffé la joue. Il y a des jours comme ça.

Mais l'essentiel n'était pas perdu : j'ai trouvé un verre, des glaçons dans le frigo et un fond de bourbon dans la grande tradition de la littérature nord-américaine. Je me suis assis par terre et j'ai récapitulé. Ce qu'il y a de bien dans les ruptures, c'est leur côté table rase. On peut faire le point avec soi-même. J'ai donc pas mal fait le point avec moi-même, puis je me suis endormi au milieu. Le téléphone m'a réveillé dans la grande tradition de l'intrigue simenonienne. C'était Anne :

promesses éternelles, serments définitifs. Je me suis accroché, elle a raccroché. Mais l'essentiel n'était pas perdu : j'ai trouvé un verre (le même), des glaçons… Reprendre au début du paragraphe, hélas…

Je hais les mecs invulnérables. Je n'ai de respect que pour les ridicules, ceux qui ont la braguette ouverte dans les dîners snobs, qui reçoivent des crottes de pigeon sur la tête au moment d'embrasser, qui glissent chaque matin sur des peaux de banane. Le ridicule est le propre de l'homme. Quiconque n'est pas régulièrement la risée des foules ne mérite pas d'être considéré comme un être humain. Je dirais même plus : le seul moyen de savoir qu'on existe est de se rendre grotesque. C'est le cogito de l'homme moderne. Ridiculo ergo sum.

C'est dire si j'ai souvent conscience de ma propre existence.

Nous n'arrêtions pas de sortir, Anne et moi. Tous les soirs, nous écumions les restaurants à la mode, les boîtes de nuit à thème et les modes anathèmes. Mon découvert prenait des proportions astronomiques. Ce n'était plus un découvert, c'était carrément du nudisme bancaire.

Nous rentrions souvent bourrés à la maison et nous endormions comme des masses. Je n'accomplissais plus très souvent mon rôle de petit ami. Au début, j'assurais comme de juste : de tripotages en tripotées, toutes les variations positionnelles ou punitives étaient explorées. Elle était satisfaite, ou pas.

Puis nous avons commencé de traverser une période de pénurie, de disette même. Fallait-il tout mettre sur le compte de notre taux d'alcoolémie mondaine ? Je n'en étais plus très sûr. Nous ne cessions de nous chamailler en société. Alors qu'ensemble nous vivions en paix, la guerre était déclarée dès qu'il y avait du monde autour de nous. Tous les prétextes étaient bons : une remarque désobligeante, un rire exagéré, un regard appuyé. Faire la gueule devenait alors notre sport favori. On nous trouvait en pleine forme, chacun à un bout de la fête. Puis, la société se raréfiant, la brouille traînait en longueur et la nuit était perdue. Les torts étaient partagés, les blessures aussi. Il n'y avait ni vainqueur ni vaincu au jeu des sorties : juste un amour victime des paradis superficiels. L'amour et la fête n'ont jamais fait bon ménage. Il est d'ailleurs surprenant que le verbe « sortir » puisse désigner deux choses : rouler un patin, ou voir des gens. La vie est moins conciliante que le vocabulaire. Je pense que nous sortions trop. À Paris, on ne rencontrait plus que des loosers ou des has-been dans les soirées. Il était urgent de ralentir la cadence, si nous ne voulions pas intégrer rapidement l'une de ces deux communautés, ou une troisième, la plus sordide : celle des « ex ».

Greta Garbo avait raison. C'est bien elle qui a dit : « L'enfer, c'est les autres » ?

Nous aurions pu partir pour Londres le weekend. J'aurais confié la chatte à maman, histoire d'éviter que la S.P.A. m'en retire la garde. Je serais passé chercher Anne à la sortie de ses cours, je lui aurais dit que nous allions dîner près de Paris et je l'aurais emmenée à Roissy, comme dans *Histoire d'O*, sauf que, depuis, c'est devenu un aéroport.

À Londres, j'aurais repris espoir. Nous n'aurions visité aucun monument, aucun musée, aucune galerie, pas un seul night-club et notre seule sortie eût été consacrée à l'achat des programmes de la télé et de cigarettes pour Anne. Nous aurions fait l'amour devant Channel Four en Chanel N° 5, across the Channel.

Dimanche matin, nous serions allés au Speaker's Corner de Hyde Park. J'aurais grimpé sur une caisse en bois abandonnée et j'aurais improvisé. « Ladies and Gentlemen, Do you see this girl ? I'm in love with her !... » Anne n'aurait plus su où se foutre. Des messieurs distingués auraient demandé si elle était à vendre. J'aurais fait monter les enchères. Ils se seraient défilés. Les Anglais n'ont plus tellement les moyens ; c'est la crise économique.

Quatrième partie

Jours tranquilles à Neuilly

« Un tiens vaut mieux que deux qui la tiennent. »

Édouard BAER.

Il y en a qui ont l'alcool triste, d'autres l'alcool agressif. Moi, j'ai l'alcool gentil. Dès que j'ai bu un coup de trop, je deviens bon et tendre avec tous ceux qui m'approchent, je les aime d'un amour vrai et pur, ainsi que toutes les choses qui m'entourent : ma bouteille, certes, mais aussi la lumière et la musique et la fumée qui me pique les yeux. En général je m'assieds et me complais dans un mutisme total ; seul un sourire béat trahit la douceur de mes sentiments.

Dans ces moments-là, je me dis que tout pourrait m'arriver, n'importe quelle catastrophe, sans que mon émerveillement décline. Je peux rester comme ça des heures, la tête entre les mains, comme un vieux chien paisible (un chien qui aurait des mains).

Tout ça pour dire que je n'aurais sans doute pas dû insister pour raccompagner Anne. J'ai pris deux sens interdits en souriant mais les flics nous ont rattrapés et eux ne souriaient pas. L'alcootest était éloquent. Anne est rentrée en taxi, j'ai dormi au poste de police, c'était une nuit extraordinaire, où j'ai rencontré des personnes formidables, avec des vies pas toujours évidentes mais qui ramaient pour s'en sortir, comme dans les livres de Philippe Djian.

Comme je faisais part de mes réflexions sur le couple à mes camarades de cellule, une vieille dame outrageusement fardée m'a adressé la parole :

— Ton problème c'est que tu crains les silences !

— Comment ?

— Mais ouais, j'connais ça, tu sors tous les soirs ta copine pasque tu as peur de t'emmerder. Dans la vie à deux, il arrive toujours un moment où la conversation s'éteint. C'est pas qu'on ait plus rien à se dire mais on croit que tout a été dit. Alors on sort. Mais si t'aimais vraiment ta nana, t'aurais le cran d'affronter les silences. Sans allumer la radio ou la télé. Et sans lui taper dessus !

— Oh ça c'est pas mon genre…

— Mouais, j'vois ça à ta carrure ! N'empêche que moi, mon julot, j'ai pas besoin de l'emmener à la Foire, vu qu'on s'aime !

— Tu parles, y cuve son pinard, ton mac, c'est tout ! (intervention d'un clochard de la chambrée).

— Les écoute pas, fiston, me chuchota la dame, écoute mon conseil : si tu tiens dix minutes de silence sans être dégoûté, c'est que t'as le béguin ; si tu tiens une heure, c'est que t'es amoureux ; et si tu tiens dix ans, c'est que t'es marié !

Malgré son langage fruste, la matrone au rimmel dégoulinant faisait preuve d'un certain bon sens paysan qui m'alla droit au cœur.

Et le jour s'est levé, comme il le fait parfois.

Nul n'est irremplaçable : j'ai su par un des ricaneurs pantalonnés que Jean-Georges sortait avec Victoire.

Le soir même, c'est souvent comme ça, je les ai rencontrés chez le ministre d'État B. Jean-Georges faisait semblant de rien. Victoire était ravie de me narguer. J'aurais dû m'énerver mais j'étais trop lâche ou trop mégalomane.

Alors je me suis vengé sur Anne cette nuit-là en lui administrant une fessée redoutable. Bien que ce genre d'échauffement ne lui déplût guère, il fallut qu'elle protestât pour la forme. Je dois reconnaître que je n'y allai pas de main morte, frappant ses hanches avec le journal de Stephen Spender (Éditions Actes Sud, 518 pages, 160 francs).

À ce propos, j'aimerais m'autoriser une petite incidente sur les mérites comparés des différents écrivains pour ce type d'activités. Il est clair que les « Grognards » et affiliés seront trop légers, trop rapides ou trop souples, à l'exception, peut-être, de Denis Tillinac, idéal pour une franche correction terrienne, ou de Michel Déon, pour une note de discipline à l'irlandaise. Il conviendra également d'éviter les pavés : Sulitzer ou Françoise Chandernagor risqueraient de causer des ecchymoses disgracieuses. Sans tomber dans l'excès inverse, les Éditions de Minuit par exemple, trop coupantes ou trop sèches, l'idéal se trouve à mi-chemin entre la saga quantitative et la jeune littérature pressée. D'où le mérite incontestable des Éditions Actes Sud, dont le format étroit facilite la prise en main et le fessage à plat, spectaculaire sans être trop cruel. Les livres avant-gardistes, en voici la confirmation, constituent une excellente punition.

J'ai convaincu Jean-Georges d'organiser une fête chez lui pour son anniversaire. Comme cela l'épuisait, c'est moi qui ai téléphoné à tout le monde en prétendant que c'était une surprise.

Anne m'a rendu visite à l'heure du déjeuner. Elle hoquetait, j'ai cru qu'elle était ivre. Elle m'est tombée dans les bras. Son père venait de mourir. Elle a pleuré tout l'après-midi. Je la forçai à boire de l'eau et posai ma main sur son front brûlant. C'est bête mais rien ne me rend plus amoureux qu'une femme qui pleure. Je peux regarder des civilisations disparaître, des villes flamber ou des planètes exploser sans réagir. Mais montrez-moi une larme sur la joue d'une femme et vous ferez de moi ce que vous voudrez. C'est mon côté hébéphrénique. (Vous pouvez vérifier le sens de ce mot dans le dictionnaire.)

Anne est quand même venue chez Jean-Georges se changer les idées. J'en fus ravi, même si je redoutais sa rencontre avec Victoire. Comme d'habitude, j'ai trouvé une échappatoire. C'est un de mes multiples talents. Je suis le spécialiste des poudres : poudre d'escampette, poudre aux yeux, etc.

À quoi reconnaît-on ses vrais amis ? À ce qu'ils vous appellent par votre nom de famille. Chez Jean-Georges, ils seront tous là. Il y aura du Marronnier dans l'air. J'aime notre bande : comme dans tous les groupes de copains, nous n'avons aucune raison de nous voir. Juste la déraison.

L'anniversaire « surprise » de Jean-Georges s'est déroulé exactement comme prévu : nous avons tout cassé chez lui. Les verres de cristal, balancés contre les murs « à la russe ». Le parquet, détruit à coups de talons aiguilles. Un fauteuil Louis XV effondré par quatre postérieurs aux déhanchements intempestifs. Et le clou du spectacle : Victoire, qui est entrée en bagnole dans la cour et a brisé la statue de la petite fontaine dix-huitième. Vraiment, ce fut une belle soirée.

Seule m'a échappé la raison du départ prématuré d'Anne. Qu'elle fût déboussolée par son deuil, je le comprenais parfaitement. Mais pourquoi diable ne m'a-t-elle pas dit au revoir ? Tout avait pourtant très bien commencé : elle portait sa plus ravissante robe, moulante avec une ouverture ronde sur le devant pour qu'on puisse admirer son nombril et son ventre blanc. Elle ressemblait à Nancy Sinatra sur les vieilles pochettes de disques de maman. Nous avons fait une arrivée remarquée. Mais très vite j'ai senti que quelque chose n'allait pas. Anne me fuyait. Dès que je m'approchais d'elle, elle entamait une conversation avec un type. Je me mis à boire sec. Nous étions une cinquantaine. La sono jouait *Murmur*, le meilleur album de R.E.M.

Les flics n'ont pas tardé à rappliquer : toute la rue se plaignait. Ils ne s'attendaient pas à être entraînés par une meute déchaînée au milieu de la fête, leurs képis volés par les filles, une bouteille de champagne dans chaque main. Ils n'ont pas protesté longtemps. Jean-Georges aura au moins évité une contravention. Mais quel appétit ! À croire que la police française est mal nourrie : ils ont fini deux gâteaux et j'en ai vu un qui se remplissait les poches de cigarillos.

Victoire et Jean-Georges s'embrassaient beaucoup. Quand je les regardais, je serrais mon verre un peu plus fort et cherchais Anne. Elle dansait dans la pièce d'à côté. J'ai eu une idée : je suis allé changer le disque. Un slow ne nous ferait pas de mal : je déposai *Stand by me* sur la platine. Peut-être qu'elle comprendrait la fine allusion.

Mais Anne ne voulait pas danser. Elle prétendait avoir vu mon manège avec Victoire, tout savoir et détester les slows. Or j'avais simplement dit bonsoir à Victoire et elle m'avait pris la main.

Qu'y pouvais-je ? Franchement, ce frôlement de menottes-là n'avait pas de quoi provoquer une mutinerie. Qu'à cela ne tienne, j'ai dansé le slow avec Estelle, cette ex de Jean-Georges que j'avais retrouvée à Venise. Elle tenait à peine debout.

Après, Anne avait disparu. Quelle comédie ! Elle a tout raté. Jean-Georges est entré dans le salon sur un cheval blanc, déguisé en Viking et a découpé son gâteau d'anniversaire avec une tronçonneuse. Je me suis coupé le doigt avec un bout de verre, j'ai versé une goutte de sang dans une coupe et rajouté de l'eau gazeuse : tout le monde a dégusté mon Taittinger rose 1975 maison. Le directeur d'un mensuel dans le vent a demandé en mariage deux filles qui se connaissaient et a dû quitter la soirée précipitamment.

Anne me manquait mais, vexé, je ne l'ai pas revue pendant plusieurs heures.

Les Rita Mitsouko se sont trompés : les histoires d'amour finissent bien. Sinon ce ne sont pas des histoires d'amour, ce sont des romans (ou des chansons des Rita Mitsouko).

Enterrement du père d'Anne : soleil radieux, ambiance joyeuse, oiseaux gazouillant dans les arbres. Je n'étais pas attendu. Accueil frais, larmes tièdes. Du beau monde. Beaucoup de fous rires réprimés. Anne est passée devant moi sans me dire bonjour. Alors je lui ai tendu mon cadeau : le cadavre de ma chatte, tuée le matin même avec mon fusil. Scandale dans l'assistance. Ça faisait beaucoup de morts pour cette splendide journée. Anne a refusé mon présent mais ses yeux m'ont remercié.

La cérémonie a été vite expédiée, le prêtre devait avoir un train à prendre ou d'autres gens à inhumer ensuite. Je m'imaginais la longue file d'attente (forcément plus longue qu'une queue de cinéma où les gens se tiennent *debout* les uns derrière les autres). J'ai discrètement quitté l'assemblée pour enterrer ma chatte à l'écart. Son corps commençait à sentir mauvais. Je l'ai enroulée dans une double page économique du *Monde* avant de creuser avec mes mains dans la terre glaise.

Bien plus tard, je suis rentré chez moi en chantant *Strawberry Fields Forever* et j'ai retrouvé Anne assise sur le paillasson. Elle m'attendait depuis une heure. Nous n'avions pas rendez-vous, que je sache. Je lui ai demandé ce qu'elle faisait là.

— Je peux rentrer ? a-t-elle questionné.

— Pourquoi faire ? répondis-je. (Trois questions de suite.)

—Tu me détestes tant que ça ? (Et de quatre.)

—Tu ne peux pas me parler ici ? (À dix questions je lui roule une pelle stendhalienne.)

— Marc, pourquoi es-tu si méchant ? Qu'est-ce que je t'ai fait ? Tu ne donnes plus signe de vie pendant une semaine et après tu fais le clown : mais qu'est-ce que tu crois ? Moi j'ai mal, je pense à toi tout le temps, est-ce que tu te rends compte ?

Elle a posé dix questions, j'ai tenu ma promesse et l'ai embrassée goulûment. Elle pleurait mais il faut dire qu'elle avait eu une journée fatigante. Je lui ai proposé de partir pour Prague avec ma voiture. C'était la révolution là-bas. S'offrir une révolution pour les vacances, quoi de meilleur pour mettre du piment dans un couple ?

J'ai traîné Anne sur la place déserte de la

Concorde comme à la fin d'*Aden Arabie*. Elle a insisté pour emmener le chien de son père ; cela nous a interdit l'entrée du Crillon. Après quoi j'ai tenté l'Automobile Club mais là-bas ce sont les femmes qui n'ont pas le droit d'entrer… En désespoir de cause, nous sommes allés déjeuner dans les jardins de l'Élysée, c'est plus ouvert. Nous avons dû néanmoins passer par la porte de derrière.

François M. nous a fait bien rire. Anne faisait la gueule, le nez dans son carpaccio. Jacques A. tombait de fatigue. Il n'a rien mangé. Sablés Poilâne et Europe monétaire au menu. Sous la table, j'ai fait du pied à Anne mais François M. a intercepté mon geste. Il a certainement cru qu'il venait d'elle car il lui a parlé de la solitude des sommets en remplissant son verre de rouge. Jacques A. se décomposait à vue d'œil. Le maître d'hôtel a créé diversion en renversant du guacamole sur mes Nike.

Je me suis levé de table pour aller aux toilettes. En m'asseyant, j'ai réalisé que mon postérieur communiquait avec ceux de tous les grands hommes qui m'avaient précédé sur cette cuvette. Je les ai imaginés, installés là, méditant sur l'avenir du monde, cherchant s'il restait du papier. J'étais fier. Après avoir connu ça, je pouvais mourir tranquille.

Je me suis souvenu que, sous l'Ancien Régime,

le Roi chiait devant la Cour. Pourquoi cette cérémonie s'était-elle perdue ? Si le Président de la République chiait chaque soir en direct à la télévision, nul doute qu'on le respecterait un peu plus. J'ai fait part de cette réflexion à Francois M. qui s'est étranglé de rire. Jacques A. lui a tapé dans le dos et il a recraché son goulasch. Anne s'est égayée légèrement : mission accomplie.

Il était minuit lorsque je garai la décapotable devant l'Hôtel Europa, place Wenceslas. Les Tchèques scrutaient notre voiture. À moins qu'ils ne matassent Anne. (Les Tchèques matent.) Je coupai le contact.

Nous avons fait la tournée des boîtes, mon guide à la main. Guide, le mot est fort : c'étaient des bouts de papier avec des adresses notées d'après les journaux et quelques amis journalistes. Au café Slavia, nous avons croisé Vaclav Havel qui fumait un joint. Enfin un chef d'État responsable.

Les discothèques tchéco et slovaques sont sinistres. On se croirait dans une station de sports d'hiver en saison creuse. Mais la bouteille de vodka y coûte trente francs. On ne peut pas tout avoir. Nous en avons bu chacun une.

Anne titubait en longeant les statues du pont

Charles. Je prenais sa tête entre mes mains glacées et embrassais le bout de son nez et nous frissonnions de bonheur. Une barque dérivait sur le fleuve. J'avais froid aux oreilles. Assis sur le rebord, je surveillais le vent, les étoiles et la lumière vacillante des réverbères. Anne se serrait contre moi et me souriait. Je ne disais plus rien. Pas besoin de vous faire un dessin.

Le lendemain à quatre heures de l'après-midi, je descendis faire la révolution. La place était noire de monde. L'histoire étant en marche, j'essayais d'en faire autant. Partout les Tchèques allumaient des cierges en hommage aux victimes de la répression. Cela me rappelait la pile de bouquets de fleurs, dans la rue Monsieur-le-Prince, là où Malik Oussekine était tombé. En Occident, on a le deuil fleuri mais les bougies de la foi sont encrassées. Combien de temps brûlent-elles ? Au moment où je pensais à ça, un coup de vent en a éteint deux.

La révolution me creusait l'estomac. Je suis retourné à l'hôtel. Anne était déjà à la cafétéria devant un breakfast copieux : pain rassis, tranche de jambon aussi épaisse qu'une page de la Pléiade, café amer. Et on s'étonne de la chute du communisme !

J'ai commandé une Pilsen, la meilleure bière du monde. Ne critiquons pas tous les acquis du collectivisme. Un idéal mauvais, est-ce pire que pas d'idéal du tout ? Anne se posait la question.

Prague était en folie. Je n'avais jamais vu ça : une manif heureuse. Eux non plus n'en revenaient pas. Ils avaient perdu l'habitude de sourire. Anne accéléra le pas dans les ruelles de Mala Strana et voici qu'elle lâcha ma main, et se mit à courir parmi la foule ivre. Nous avons engagé une course-poursuite autour du Château. Je l'ai laissé prendre de l'avance pour mieux observer ses cheveux voler à chaque pas. Elle a manqué me semer à plusieurs reprises et j'ai senti, durant les fractions de seconde où elle disparaissait de ma vue, à quel point ma vie serait vaine sans elle. Ce n'était pas cette révolution qui pourrait remplacer la mienne.

L'Hôtel Europa est censé être le meilleur de Prague. On se demande comment doivent être les autres. Notre baignoire était marron, les draps avaient dû servir très récemment et le personnel était d'une rare animosité. Il faudrait revenir dans quelques mois, pour comparer. Il y aurait de ce point de vue une étude passionnante à faire sur « les retombées des révolutions à l'Est sur la qualité de l'accueil dans les palaces ». Qu'attendent les chercheurs ?

Anne voulait changer de l'argent à la banque mais je l'en ai empêchée : le marché noir est bien plus avantageux. J'ai donc abordé un Tchèque dans la rue mais il est resté de bois*. Il m'a indiqué un endroit où ces transactions se pratiquaient.

---

* Attention : un calembour pitoyable se cache dans cette phrase. Sauras-tu le retrouver ? *(Note de l'auteur.)*

À une minute de marche, nous sommes tombés sur un charmant autochtone qui nous a changé l'argent d'Anne à un taux plus que généreux. Je triomphais. Mon succès fut cependant de courte durée puisque Anne, en recomptant les billets, découvrit que le bonhomme nous avait donné du papier toilette avec juste un billet sur le dessus. Évidemment l'individu s'était entre-temps volatilisé. Malgré tout, j'expliquai à Anne que ce papier pouvait être utile à l'hôtel. Sait-on jamais. Qui plus est, l'aspect kafkaïen de cette aventure n'échappera à personne. Or le grand Franz n'est-il pas natif de Prague ? Tout cela sera un fabuleux souvenir quand nous serons rentrés à Paris, lui ai-je dit en remboursant la somme que je lui avais fait perdre. Puis nous sommes allés nous saouler, surtout moi.

Prague est la plus belle ville du monde après Biarritz. C'est Venise sans les clichés, Rome sans les Italiens, Paris sans les copains. Seul défaut : il y fait très froid. Nous avons eu la chance d'y vivre de grands moments de chaleur humaine. La démocratisation nous aura en quelque sorte servi de radiateur.

En déambulant parmi la foule, je récapitulais ma situation : j'étais bel et bien en train de découvrir le grand amour comme les Praguois découvraient la liberté. Pour la première fois de mon existence, je sentais qu'une femme pouvait être autre chose qu'une prison. Le contexte s'y prêtait. Anne m'apparaissait comme l'antidote à l'ennui conjugal, au moment où Vaclav Havel s'imposait comme l'échappatoire au totalitarisme. Une fois encore, je me sentais en adéquation avec le monde alentour. La bière coulait à flots, je serrais Anne dans mes bras et bénissais la révolution. Les gens commençaient à se parler, les têtes à tourner, les femmes à se dévêtir. Je n'en perdais rien : toute éducation sentimentale implique peut-être une révolution alentour. Frédéric Moreau avait eu celle de 1848, Marc Marronnier prenait ce qu'il trouvait.

Cinquième partie

De garrigue en syllabe

« Je n'ai jamais pu voir les épaules
d'une jeune femme sans songer à
fonder une famille. »

Valery LARBAUD.

« Chacun fait fait fait c'qui lui plaît
plaît plaît. »

CHAGRIN D'AMOUR.

Rien ne me torture davantage que les descriptions. Je me demande à quoi elles servent. À quoi bon expliquer qu'à Nîmes le ciel est bleu, le pastis frais, que les grillons font « chhhh » ou que les arènes sont pleines de taureaux ensanglantés ?

Nous sommes descendus ici pour le mariage de Jean-Georges et Victoire mais ce n'est pas une raison pour se priver de corridas. Anne grignote des pralines et le taureau baisse la tête. Anne se recoiffe et le toréro veut survivre. Anne ferme les yeux et la mise à mort est consommée. Anne agite son mouchoir et la présidence accorde les deux oreilles. Anne me masse la nuque : j'ai attrapé un torticolis en tentant de suivre ces deux spectacles en simultané.

Faire l'amour dans la boue n'est pas désagréable et puis c'est bon pour la peau. J'appelle ça faire d'une pierre deux coups. Je tiens à remer cier l'orage de fin de journée, sans lequel rien de tout cela n'aurait été possible, ainsi que les nuages, le mas du père d'Anne où nous nous sommes repliés, et toute l'équipe de flaques d'eau. Accessoirement je remercie le père d'Anne d'avoir eu l'obligeance de trépasser au début de l'été, afin que nous puissions disposer de sa résidence secondaire.

Anne raffole de tout ce qui fond : les glaces au chocolat quand il fait chaud, moi quand je m'attendris. Comment lui résister ? Elle croque des graines de tournesol sous le ciel bleu. Les Espagnols appellent ça des *pipas*. C'est écrit sur le paquet et me donne de drôles de rêveries. Nous bronzons et la piscine n'en finit pas de se remplir. Je suis heureux ; tant pis, j'essaie d'écrire tout de même. Les cigales font un bruit de maracas.

La chambre sent l'aïoli, l'huile d'olive sur la salade et l'huile de Monoï sur les seins. Nous écoutons des compact-discs. Je hais les compact discs. Ils ne se rayent jamais. Ils stérilisent la musique. Écouter un disque laser, c'est comme baiser avec une capote. C'est sans danger. Jimi Hendrix est mort à temps.

Quiconque prétend comprendre tant soit peu la société devrait obligatoirement s'asseoir au bord de la piste de danse d'une boîte de nuit pendant une heure en prenant des notes. Tout est là : les rapports de classe, les manèges de la séduction, les crises d'identité culturelle (ou sexuelle) et la thérapie de groupe. Tout sociologue qui n'a pas sillonné les nuits des grandes capitales est indigne de l'appellation. Les examens de socio devraient d'ailleurs se passer au Balajo pour avoir un minimum de crédibilité.

Cela était un bref aperçu des théories que j'ai échafaudées hier soir à la Scatola, petite boîte de vacances à Port-Camargue, où nous avons passé une soirée délicieusement banale. J'adore les boîtes au soleil : elles réconfortent mon esprit de contradiction. Quand il pleut dehors, on trouve n'importe qui dans les boîtes. Alors que, par beau temps, seuls les fêtards authentiques sont assez fous pour se laisser enfermer. C.Q.F.D.

Ce n'est pas la seule raison de mon goût pour les night-clubs de vacances. Outre l'argument financier (au prix de la bouteille, on peut se payer un bar pour soi tout seul), il y a aussi cette évidence : toutes les filles sont belles quand elles sont bronzées. Surtout les boudins. Si j'étais une femme moche, je m'installerais sur la Côte d'Azur et j'irais me fondre dans les discothèques de plein air.

Hier soir, je n'ai vu que des canons à la Scatola. Quelles beautés ! Je n'aime rien tant que cette envie de partir avec une inconnue, qui me saisit dans ces instants-là, et à laquelle je ne succombe jamais. Cette frustration me comble. Je suis un aventurier veule, un romantique mou, un Roméo dégonflé, un capitulard flottant, un déserteur peureux. Je n'aime que les faux départs.

Une chose me turlupine : à quoi rêvent ces jolies filles assises entre un barbu vendeur de tee-shirts et un motard mongolien ? Comment acceptent-elles de frayer, d'effrayer et de défrayer avec cette lie ? Comme je refuse de croire qu'elles puissent être bêtes (une fille bête n'est jamais jolie), je suis contraint de m'interroger : AURAIENT-ELLES PERDU TOUT ESPOIR ?

Je n'aime pas danser, parce que je ne sais pas. Les filles savent, instinctivement. Leurs cheveux voltigent, leurs bras ondulent, leurs paupières battent. Leurs bottines sont lacées, leurs robes sont à balconnets, leurs collants sont opaques. Elles me tuent. J'ai perdu mes lunettes et ma myopie me rend optimiste. Le flou est plus qu'artistique, il me fait ressusciter d'entre les vivants. Pas besoin de champignons hallucinogènes, il suffit de perdre ses lunettes pour voir la vie en rose.

Et puis Anne me rejoint, coupant ces conjectures d'un verre de gin-tonic. Rien à faire, elle les éclipse toutes. Elle porte une robe en lin couleur saumon. Je retourne en enfance, timidement, il y a des parties de pelote basque, une odeur de sel, les horaires des marées, une kermesse devant le fronton, les caramels au café de la Venta, les hortensias de la place Paul-Jean-Toulet, le gondron noir sous les espadrilles blanches… Je reviendrai toujours au Pays basque comme la pelote à la chistera. Un jour, j'emmènerai Anne à Guéthary.

Dans la vie on n'a qu'un seul grand amour et tous ceux qui précèdent sont des amours de rodage et tous ceux qui suivent sont des amours de rattrapage ; c'est maintenant ou jamais.

Dans cette vieille maison je ne quitte plus Anne et nous nous aventurons rarement dehors. Ici je comprends que tous nos drames viennent de nos sorties. Le monde extérieur est notre géhenne et ceux qui y errent sont comme des somnambules égarés. Pascal a raison : « Tout le malheur des hommes vient d'une seule chose, qui est de ne pas demeurer au repos dans une chambre. » Rien n'est plus beau que de s'enfermer avec la femme qu'on aime. Plus que toute passion au monde, j'aime me brosser les dents à côté d'Anne le soir, retrouver ses collants sur le dossier de ma chaise le matin et l'aider à faire ses courses l'après-midi. Aucun sentimentalisme bidon ne peut égaler l'émotion qui m'étreint lorsque Anne chante dans la cuisine en épluchant des pommes de terre. Aucun film porno n'est plus excitant que de la contempler dans son bain avec du shampooing plein les yeux.

Albert Cohen s'est trompé : ce ne sont pas les bruits de chasse d'eau qui tuent l'amour. C'est la crainte de l'ennui qui mue nos rêves flamboyants en cauchemars climatisés. En réalité, les bruits de chasse d'eau tuent cet ennui, tout comme les odeurs de pain grillé, les vieilles photos de vacances, les bracelets oubliés sur la table de nuit et le petit mot imbécile au fond d'une veste qui fait monter les larmes aux yeux. Le meilleur remède contre la vie quotidienne, c'est le culte du quotidien, dans sa fluidité.

Les hommes craignent la vie de couple, pour une seule raison : la peur de la routine. Cette peur en cache une autre, celle de la monogamie. Les types n'arrivent pas à admettre qu'ils puissent rester toute leur vie avec la même femme. La solution est simple : il faut qu'elle soit bonniche et putain, vamp et lolita, bombe sexuelle et vierge effarouchée, infirmière et malade.

Si la femme de votre vie est innombrable, pourquoi iriez-vous ailleurs ? Votre vie quotidienne cessera alors d'être une vie de tous les jours.

Je regarde Anne et que vois-je ? Le matin, une femme mûre, ébouriffée, à la voix rauque, qui fait sa toilette en écoutant la radio. Dix minutes plus tard, c'est déjà une autre, tendre amie, qui crache des noyaux de cerises par la fenêtre. Retour au lit : Anne est une troisième, sensuelle au corps brûlant. Et ainsi de suite, en une seule matinée je connaîtrai vingt femmes différentes, de la petite fille modèle qui regarde la télé en mâchant un chewing-gum lui gonflant la joue, à la dactylo populaire qui se lime les ongles en téléphonant, en passant par la dépressive hystérique qui meurt d'angoisse en fixant le plafond, sans oublier la maîtresse fleur bleue. Comment voudriez-vous que je m'en lasse ? Pas besoin de subterfuges, d'inventions compliquées ou de stratagèmes pour raviver ma flamme : Anne est un harem à elle toute seule.

Ce matin il s'est passé quelque chose d'étrange : j'ai tué Anne. Elle faisait la vaisselle et je suis entré dans la cuisine avec mon fusil à la main. Elle m'a souri et m'a dit d'arrêter de jouer avec ça, que c'était dangereux mais je l'ai fait taire d'un coup de crosse sur la tempe. Elle est tombée sur le carrelage, interloquée, ce qui m'a laissé le temps d'armer le flingue et de lui tirer une balle dans le ventre. Elle n'a pas crié longtemps : l'autre balle était pour la tête. Quand celle-ci a explosé, je suis tombé à genoux de douleur. Seigneur Jésus, qu'est-ce qui m'a pris ? Mon cœur était arraché, j'avais trucidé mon seul amour et je chialais sur son corps ouvert. Enfin, pour la première fois de ma vie, je fréquentais le Malheur...

Ce que je viens de raconter est complètement faux. Anne est en pleine forme et m'apporte le café. Nous vivrons heureux éternellement et nous aurons beaucoup d'enfants qui gambaderont, s'écorcheront les rotules sur les rochers de la plage de Bidart, prendront le pouvoir et loueront des bateaux. Anne a levé sur moi la mer bleue de ses yeux en souriant car elle lit dans mes pensées.

Un fêtard qui tombe amoureux, c'est quelqu'un qui tourne la page. Mais comment faire, quand c'est la dernière ?

Maussane-les-Alpilles, juin 1990.

LA PETITE VERMILLON

CET OUVRAGE A ÉTÉ ACHEVÉ D'IMPRIMER
SUR SYSTÈME VARIQUIK PAR L'IMPRIMERIE
SAGIM ▪ CANALE À COURTRY EN OCTOBRE 2008, POUR
LE COMPTE DES ÉDITIONS DE LA TABLE RONDE.

Dépôt légal : mars 2001.
Nᵒ d'édition : 165202.
Nᵒ d'impression : 11100.

Imprimé en France.
[R23]